Heinrich Bulthaupt

Eine neue Welt

Drama in fünf Akten

Heinrich Bulthaupt

Eine neue Welt
Drama in fünf Akten

ISBN/EAN: 9783743475540

Hergestellt in Europa, USA, Kanada, Australien, Japan

Cover: Foto ©Andreas Hilbeck / pixelio.de

Weitere Bücher finden Sie auf **www.hansebooks.com**

Eine neue Welt.

Drama in fünf Acten

von

Heinrich Bulthaupt.

Oldenburg.
Schulze'sche Hof-Buchhandlung und Hof-Buchdruckerei.
(A. Schwartz.)

Max Grube,

Königl. Hof=Schauspieler in Dresden,

freundschaftlichst gewidmet.

Personen.

Isabella, Gemahlin Ferdinands des Katholischen, Königin von Spanien.
Fray Leon, Richter des heil. Officiums der Inquisition.
Doña Blanca, Wittwe eines deutschen Kaufherrn zu Sevilla.
Maria, ihre Tochter.
Don Blasco Galvez, Doña Blancas Vater.
Christoph Columbus.
Ludwig Behaim.
Don Adone, Marias Verlobter.
Neri } junge Florentiner.
Colonna }
Doña Elvira.
Florez.
Bernaldez.
Galindo.
Nasarre.
Lorenzo, Gärtner }
Mercedes, Zofe } im Hause der Doña Blanca.
Juan } Diener }
Sancho }
Ein Barkenführer.
Ein Page der Königin.
Erster } Bürger.
Zweiter }
Volk und Edle von Sevilla, Priester, Gefolge der Königin, Herolde, Gefolge und Mannschaften des Columbus.

Das Stück spielt zu Sevilla im Jahre 1500.

Erster Act.

Geräumige Loggia im Hause der Doña Blanca mit der Aussicht auf den Guadalquivir und die am andern Ufer liegende, jedoch ziemlich entfernt zu denkende Häuserreihe. Schwere Marmorbäute an der Brüstung und den Seiten. Tische. Ausgänge links (mit breitem Stufenwert, das in einen Saal führt) und rechts. Es ist Abend.

Erste Scene.

Juan, Sancho und andre Diener in geschäftiger Bewegung. **Lorenzo.**

Juan.

Hieher die Polster, die Decken hieher!

Sancho.

Lichter, Lichter!

Juan.

Und die Pasteten, den Würzwein, das süße Gebäck! Eilt euch! Sie verlassen den Saal, bald werden sie hier sein.

Lorenzo.

Welch' eine Verschwendung!

Juan.

Es kommen andre Zeiten, Alter! Spanien giebt nicht gern, Spanien versteht nicht zu leben, nicht zu feiern, Spanien ist ein Kerker, ein Grab. Seht Ihr nun, wie die Riegel fallen, wie der Gruftdeckel springt? Seitdem der Genueser das Wunderland jenseits des Oceans entdeckt, ist eben Alles anders worden.

Lorenzo.

Es taugt nicht für uns! Die Rechte am Crucifix, die Linke am Geldsack — das ist guter spanischer Brauch.

Juan.
Ist der Raketenmeister da?

Lorenzo.
Auch ein Raketenmeister?

Sancho.
Er wartet unten.

Juan.
Und einer, um den uns die Sterne beneiden. Als er in vorletzter Nacht beim Gouverneur seine rothen Kugeln schoß, wurde der Mond vor Aerger grün.

Lorenzo.
Auch das ist sündhaft, es den himmlischen Lichtern gleich thun zu wollen.

Juan.
Nun, nun, seid geduldig! Lange wird's ohnehin nicht währen. Don Blasco, unser Großvater, der den Knopf auf dem Beutel hat, liebt die zugeknöpften Taschen. Heute ist Don Adone nur noch unsrer jungen Herrin Verlobter —

Lorenzo.
Dem Himmel sei Dank! Morgen siegelt die Kirche den Bund. Sie gewinnt einen gottesfürchtigen Gemahl.

Juan.
Ist er's erst, dann ade, du lustiges Leben!

Lorenzo.
(in den Bart brummend).

Und dann ade, du leichtsinnige Brut!

Juan.
Was steht ihr und gafft? Und wie übel gerichtet! Welche Falten! So drapirt man keinen Teppich. Was sollen die Herren Italiener von uns denken, unsre ehrenwerthen Gäste?

Sancho.

Sie werden wohl Muße haben nach dem Wurf einer Decke zu sehen!

Juan.

Freilich werden sie, und euer Unverstand ist ihnen ein Greuel. Drüben in Italien geschieht Alles auf schöne Art und das Schnäuzen ist bei ihnen ein Kunstwerk.

Lorenzo.

Ueber die närrische neue Welt! (Er entfernt sich kopfschüttelnd.)

Neri
(der mit Adone im Gespräch aus dem Saale links kommt und Juans Worte gehört hat, lächelnd).

Ihr erzeigt uns doch wohl zu viel Ehre, guter Freund.

Juan.

O Euer Gnaden, als ob ich nicht wüßte —

Adone (verstimmt).

Geht nur! (Die Diener ziehen sich zurück. Die Gesellschaft kommt nach und nach von links.)

Neri.

Zwingt Euch nicht, Don Adone, ich bitt' Euch. Ihr gehört Eurer Braut. Wir werden auch ohne Eure Artigkeit, die ich dankbar erkenne, über unser Geschäft handelseinig werden.

Adone.

Eure Güte verpflichtet mich. Ihr habt mir in's Herz gesehen. Gestattet darum, daß ich mich beurlaube.

Elvira.

Halt, Herr Bräutigam, ich bin so gnädig nicht.

Adone (gepreßt).

Ich bitt' Euch — (Er entzieht sich ihr.)

Elvira.

Die Stirn in Falten, die Wange bleicher als sonst? und dies suchende eifersüchtige Auge?

Neri.

Nehmt mit mir vorlieb, Madonna — er hält Euch nicht Stand. (Er setzt sich mit Doña Elvira an ein Tischchen rechts.)

Fray Leon
(mit dem jungen Colonna im Gespräch).

Darin irrt Ihr doch, junger Freund. Zwar mit den Hebräern und Mauren, den verfluchten Marranen, den Neuchristen, begann unser Werk. Aber es genügt nicht mehr, denn im Schooß unsrer eigenen Kirche reist das schlimmere Uebel. Jetzt hat der heilige Vater die Jünger Savonarolas, Eures ketzerischen Landsmanns, unsrer Sorge befohlen, die heimlich mit seiner Asche auch das Gift seiner schändlichen Lehre aus den Flammen gerettet haben und hier und dort ihre Saat ausstreuen. Ein goldenes Kreuz mit dem Worte des Lästerers „Viva in nostro core Cristo", „In unsrem Herzen lebe Christus", ist ihr Idol. Kennt Ihr derer keinen?

Colonna.

Keinen.

Fray Leon.

Und warum wendet Ihr Euch dorthin? Sollte Signor Neri mehr wissen als Ihr?

Colonna.

Ich glaube nicht. (Sie setzen sich links zum Schachspiel.)

Maria
(die mit Doña Blanca nach vorne kommt).

Mutter, Mutter!

Blanca.

Richte das Haupt auf, laß das Seufzen! Keine Schwäche, keinen Rückfall mehr! Es ist einmal geschehen!

Abone.

Maria!

Maria.

Wenn Ihr mich doch jetzt lassen wolltet!

Adone.

Könnt' ich ohne Euch sein, jetzt, da Ihr ganz mir gehört!

Maria.

Noch nicht, noch nicht!

Adone.

Ihr seid grausam.

Maria.

Ihr seid es! Laßt uns wenigstens fort aus dem Gewühl, aus der Helle! Dorthin führt mich, an die Brüstung, daß ich die Kühlung vom Flusse empfinde, daß ich das Meer ahne, das Meer, wo —

Adone.

Maria!

Maria.

Laßt mich! (Sie eilt nach hinten. Adone folgt.)

Blanca (zu Fray Leon).

Sie wird den Gedanken an den Todten nicht los.

Fray Leon (unbefangen).

Welchen Todten?

Blanca.

Ihn, der auf der Santa Anna ertrank. Ihr wißt ja, hochwürdiger Herr. (Sie tritt zu den andern Gästen.)

Florez
(hinter Neris Stuhl lehnend).

Nun, Signor, wie lebt man in Spanien?

Elvira.

Fragt ihn, wenn ich fern bin; in meiner Nähe würde er eine Höflichkeit sagen.

Florez.

Die Ihr haßt?

Elvira.

Die ich hasse. Erzählt ihm aber, damit ich nicht nöthig habe zu prahlen, von meines Vaters maurischem Feste, guter Florez. Ihr könnt vergleichen, Ihr wart in Italien, saht Florenz und Venedig. Er glaubt nicht, daß wir Spanier es den Italienern gleich thun können. Wißt Ihr noch? Es gab ein allegorisches Schauspiel, ich war Afrika und trug schwere Fesseln von Amethysten. Nun, besinnt Ihr Euch?

Florez.

Wie meint Ihr?

Elvira.

Flattergeist! Reicht Eure Erinnerung nicht so weit?

Florez.

Meine Jahre nicht, Doña.

Einige Gäste.

Bravo, bravo!

Florez.

Warum rümpft Ihr die Nase? Ihr wollt uns ja so geradezu.

Bernaldez.

Er hat Recht, schöne Frau.

Elvira.

Der Schlingel vergißt nur eins.

Florez.

Das wäre?

Elvira.

Nur Diamanten dürfen ungeschliffen sein.

Gäste.

Brava, brava!

Elvira.

Wie die Windfahnen!

Galindo
(junger Diplomat, im Gespräch mit Doña Blanca).

Ein entzückendes Fest, edle Frau, ein Götterfest! Und wie glücklich bin ich, mich für seine Gaben dankbar erzeigen zu können. Sobald der günstige Augenblick gekommen ist, werde ich die Ehre haben mich eines Allerhöchsten Auftrages zu entledigen, dessen Inhalt Euch nicht minder stolz machen wird, als mich, den Ueberbringer.

Blanca.
Ihr seid sehr artig, lieber Galindo.

Fray Leon.
Nehmt Euch in Acht, würdiger Nasarre. Ihr tretet auf Eurer Tochter Schleppe.

Nasarre (im Vorübergehen).
Ich wollte, es wäre unmöglich.

Fray Leon.
Ei, nicht so grämlich.

Florez.
Er wünscht sich die Zeit der Kleiderordnung zurück.

Bernaldez.
Um seine eigene Frau, seine eignen Töchter heimlich denunciren zu können. Freilich!

Florez.
That er das? Das ist ja köstlich! Bravo, Nasarre!
(Die Gäste lachen.)

Nasarre
(wendet sich ärgerlich in den Hintergrund).

Adone
(der von links den alten Don Galvez führt).

Wollt Ihr es Euch nicht bequem machen, Großvater?

Florez.
O weh, der Alte! Jetzt wird es ungemüthlich.

Elvira.

Er schläft ja doch bald ein.

Galvez.

Also auch das war ein Genueser, jener Mönch, den Rom verbrannte — Savo — wie war sein Name?

Abone.

Savonarola.

Galvez.

Das verdammte Genua! Es schnappte mir die besten Geschäfte vor der Nase weg.

Abone.

Savonarola aber war ein Florentiner, Großvater.

Galvez.

So, so, ein Florentiner! Ich wollte, er wäre ein Genueser gewesen.

Galindo.

Ein herrliches Fest, Don Blasco, ein Götterfest!

Galvez.

Nun freilich. Es geht ja aus meiner Casse.

Elvira.

Ihr seid ein hartnäckiger Schweiger, Signor Neri. Worüber sinnt Ihr nach?

Neri.

Daß ich in Spanien von Allem reden höre, nur von dem nicht, was die Welt erschüttert: Christoph Columbus und sein Werk. Er kehrt von seiner dritten Fahrt zurück, angeklagt, gefangen, und das Land wird so wenig davon bewegt als triebe ein Schwanenflaum ans Ufer.

Elvira.

Lassen wir das! Es ist alltäglich geworden und nicht sonderlich erbaulich. Reden wir denn von der Luft, die

wir athmen? Schweigen wir nicht auch von dem großen
Deza und seinen Ketzergerichten? Und doch hält uns die
Inquisition fester noch als die Luft umschlossen. Ueberall
schleichen ihre Agenten und Spione, und Keiner darf dem
eigenen Nachbar trauen.

Neri.

Entsetzt Euch das nicht? Eine Frau — eine solche
Frau?

Elvira.

Mich? So lange Königin Isabella ruhig schlafen geht,
thue auch ich's.

Neri.

Und doch scheint sie ihrer düstren Macht nicht froh
geworden zu sein?

Elvira.

Warum glaubt Ihr?

Neri.

Ich sah sie jüngst in Madrid. Sie hatte den Arm
um ihre Kinder geschlungen, den zarten, blassen Prinzen
von Asturien und die irrblickende Johanna. So stand sie
in ihrer dunklen Tracht, majestätisch, aber im Blick unsäg=
liche Trauer. Ich konnte mich einer Vorstellung nicht er=
wehren: sie erschien mir wie Urmutter Nacht, zu ihren
Seiten Schlaf und Tod.

Elvira (zerstreut).

Ihr könnt Recht haben — Verzeiht! — Junger Florez!

Florez.

Ihr seid versöhnt, schöne Frau?

Elvira.

Ich möchte eine Spur verfolgen. Thut mir die Liebe —
(Sie flüstert ihm etwas zu.)

Colonna.

Er blickt so scharf zu ihm hinüber. Der sorglose Neri! Wenn ich ihn nur warnen könnte!

Fray Leon.

Ihr werdet bald matt sein, Signor Colonna!

Nasarre
(zu der Gruppe rechts tretend).

Redet ihr immer noch von mir? Wartet's nur ab! Die gute Zeit kann wiederkehren. König Ferdinand ist stolz darauf, daß er sein Wams schon zum dritten Male wenden ließ.

Florez.

Wandtet Ihr die ganze Zeit auf diese Antwort? Kauft es ihm doch ab, wenn es nicht mehr Stich hält.

Nasarre.

Müßt Ihr der Narr für Alle sein?

Florez.

Nicht für Euch, Ihr laßt mir Nichts übrig.

Nasarre.

Ein schlechter Gesell! (Er wendet sich ab.)

Florez (übermüthig).

Ein schlechter Gesell! Ein „Compagnacco", ja wohl! So nannten uns in Florenz die Partisanen des Pfaffen, den man auf offenem Markte verbrannte.

Elvira.

Bravo, Florez!

Bernaldez.

Savonarola!

Florez.

Ja, Savonarola.

Elvira.

Ihr fahrt zusammen, Signor Neri. Und was verbergt Ihr auf Eurer Brust? Es funkelte goldig.

Neri.

Ein — Ihr errathet es, schöne Doña.

Fray Leon.

Matt!

Colonna.

Ein andres Mal bitt' ich Euch mich revanchiren zu dürfen.

Elvira.

Ein Liebespfand? Ei!

Fray Leon.

Ich betrog mich nicht. Adone! (Adone tritt zu ihm.) Gebt auf Signor Neri Acht.

Adone.

Laßt mir doch nur heute Ruhe! Warum haltet Ihr mich in so peinlicher Abhängigkeit?

Fray Leon.

Eure Sünde thut, was Euer Glaube thun müßte. Soll ich Euch an jene Beichte erinnern?

Adone.

Schweigt, um Gotteswillen.

Fray Leon.

Also thut Eure Pflicht.

Adone.

Ich muß! (Er tritt wieder zurück.)

Elvira.

Erzählt uns von Savonarola!

Bernaldez.

Von Savonarola erzählt uns, Florez —

Elvira.
Und Ihr, Signor Neri.

Florez.
Dazu ein Glas von Capri.

Neri.
Mir erlaßt es.

Florez (trinkend).
Was weiß ich viel? Ich war ein junges Blut. Daß er die Medici stürzte und die Franzosen ins Land rief, kümmerte mich als Spanier wenig, aber sein Autodafé der Eitelkeiten wurmt mich noch.

Elvira.
Was war das, Signor Neri?

Neri.
Er ließ Lauten, Würfel und Karten auf dem Markte verbrennen —

Florez.
Und den Boccaccio!

Neri (lächelnd).
Das verdroß Euch am Meisten?

Florez.
Freilich. Auch war ich dumm genug und lieferte ihn aus, denn der Teufel weiß, er hatte Gewalt über die Menschen, und ich bin doch bei Gott ein gläubiger Christ.

Die Gäste (ernsthaft).
Das sind wir Alle.

Elvira.
Und wie starb er, Signor Neri?

Neri.
Dafür laßt einen Freund Zeugniß ablegen.

Elvira.

Der seid Ihr?

Neri.

Nicht ich. Der große Meister Fra Bartolomeo. Er hatte Savonarolas Bild in glücklichen und ruhmvollen Tagen gemalt, nun sah er ihn sterben, fromm, mit gefalteten Händen. Fra Bartolomeo sprach kein Wort, aber er sah desto mehr. Still kehrte er in seine Zelle zurück, betrachtete sein Werk, des Todten Antlitz, nahm Farbe und Pinsel und — schlang um das dunkle schöne Haupt einen klaren goldenen Reif. Das war sein Bekenntniß.

Bernaldez.

Hm!

Florez.

Hm!

Elvira (etwas verlegen).

Das war schön.

Galindo (zu Doña Blanca).

Jetzt dürfte der Augenblick gekommen sein, mich des Allerhöchsten Auftrags —

Florez (laut).

Ein Feuerwerk!

Die Gäste.

Ein Feuerwerk! (Alles drängt an die Brüstung. Man sieht Raketen und farbige Lichter jenseits derselben.)

Neri (für sich).

Ein Feuerwerk! So sind sie! Krümmen sich vor jedem ernsten Gedanken, jedem großen Gefühl! Ein Feuerwerk! Ist ihnen Savonarolas Tod mehr? Mehr der Martertod der Tausende, die die Inquisition zernichtet?

Elvira.

Jetzt weiß ich genug. (Sie tritt zu Frau Leon.) Hochwürdiger Herr!

Fray Leon.

Ich fürchte, Ihr kommt zu spät, schöne Frau.

Elvira.

Einen Ketzer zu entlarven?

Fray Leon.

Auf den wir es schon gemünzt: Signor Neri. Aber die Kirche wird Euch Eure Treue gedenken.

Adone.

Signor Colonna!

Colonna.

Don Adone? (Sie reden mit einander.)

Elvira.

Irrt mich nicht Alles, so trägt er das Zeichen auf der Brust, woran sich die Genossen des Savonarola erkennen.

Fray Leon.

Ein goldenes Kreuz, des Todten Asche darin, im flammenden Herzen das Wort „Viva in nostro core Cristo". Ihr mögt Recht haben.

Florez
(der Neri unverwandt betrachtet hat).

Signor Neri, als ich Eure Mienen aufleuchten sah, kam mir eine Erinnerung und ich mußte Euch näher betrachten. Wart Ihr nicht auch in Florenz unter den Frateschi, Savonarolas jungen Freunden, die von Haus zu Haus zogen und um das Anathema baten, weltliche Bücher, Tand und Geschmeide?

Neri (ausweichend, lächelnd).

Und den Boccaccio? Ihr irrt.

Florez.

Und doch glaubte ich Euch zu erkennen. Ich hielt Euch für den Genossen des jungen Deutschen, des eifrigsten

Werbers Aller, desselben, der bei dem Schiffbruch der Santa Anna ertrank — wie hieß er doch? Sein Vater verfiel vor etlichen fünfzehn Jahren nach der Ermordung des großen Arbues in Saragossa dem Gericht — sein berühmter Ohm, der Entdecker, lebt noch auf der Insel Fayal — Don Lodovico — Lodovico — (plötzlich laut) Ludwig Behaim!

Maria
(die bis dahin an der Brüstung im Hintergrunde gesessen, kommt lebhaft nach vorn).

Was ist mit ihm?

Neri (erschüttert).

Todt, um Gotteswillen — er ist todt?

Blanca.

Maria!

Elvira.

Wer kennt ihn nicht? Wer sang sein Lob nicht? Er hatte sternige seeblaue Augen und war schön wie ein Nordlandsgott.

Neri.

Es giebt nur einen! Und ertrunken? todt?

Florez.

Alle Frauen Sevillas schielten nach ihm — auch Ihr, Doña Elvira.

Elvira.

Ach geht.

Florez.

Je nun! In der Heimat eines gewissen Don Juan Tenorio!

Bernaldez.

Königin Isabella hatte den Verwaisten erziehen lassen. Er war der Gespiele des asturischen Prinzen. Keiner, der nicht die herrlichsten Hoffnungen auf ihn setzte.

Florez.

Er war voll kühner Entwürfe. Nach den Sternen griff er wie unsereins nach Aepfeln am Baume — und dabei sah er nicht einmal in die Höhe.

Neri
(in tiefster Bewegung).

Das Alles zu nennen und es mit eines Athems Hauch wieder verlöschen zu müssen. Er ist todt? und ertrunken? Kann es denn sein? Wo starb er?

Maria.

Erzählt, Adone!

Blanca (bekümmert).

Das alte Lied! Wird es denn nie zur Ruhe kommen!

Frau Leon.

Laßt sie, edle Frau.

Maria.

Wie er erbleicht, wie sich ihm das Antlitz verzerrt! Ruht hier ein Geheimniß — ein Frevel? — Adone, erzählt.

Adone.

Ihr seid grausam.

Neri.

Erzeigt mir die Liebe, Don Adone! Ihr sprecht zu einem Freunde des Todten.

Adone.

Signor Neri, Ihr seid ein Italiener; nennt Ihr die Bitte höflich? ist dies ein Festgespräch?

Neri (artig).

Ihr habt Recht, Don Adone, und darum —

Maria.

Mit Nichten, edler Herr! Wenn es die Braut nicht schreckt, wen könnte es sonst erschrecken, wen verletzen?

Ich bitte darum, ja ich wünsche mir nichts Lieberes. Ihr wart Zeuge seines Todes, Don Adone. Der Sturm, das Meer haschte nach ihm wie nach Euch. Nun denn — Ihr seid uns, seid mir wiedergegeben — erzählt, daß ich mich meines Glückes doppelt freue.

Fray Leon (flüsternd).

Ihr müßt.

Adone (ebenso).

Ihr wollt es und kennt doch mein ganzes Elend? Also wieder diese furchtbare Selbstzerfleischung, diese entsetzliche Lüge?

Fray Leon.

Begeht sie — aber sühnt sie um so treuer. Erzählt!

Maria.

Ihr laßt mich vergebens bitten?

Adone.

Nun denn, so hört. Auch ist es bald erzählt. Von Colons Verheißungen angelockt schlossen wir uns dem edlen Hernandez an, der mit der Könige Genehmigung vier Caravellen zur Fahrt über den Ocean ausgerüstet: Ludwig Behaim und ich. Die erste Begeisterung, die des Admirals Entdeckung erweckt, war längst in Asche zusammengesunken, denn Opfer um Opfer verschlangen Land und See, Spaniens edle Jugend verdarb und der Ertrag des Bodens lohnte die Mühen nicht. Aber der Genueser blies die Flamme noch einmal mächtig empor: Der unermeßliche Schacht von Ophir sei entdeckt, mit dessen Golde König Salomo zu Jerusalem den Tempel geschmückt — so verkündete er. Einen Kranz von Fabeln schlang die grünende Phantasie, immer neu erzeugend, um die Masten der Schiffe, und der Schooß ihrer Segel barg für das jugendliche Hoffen alle Schätze der Welt. Das Abenteuer, das Wissen, der Gewinn — Alles reizte uns. Da traf uns, nahe der Landung, Gottes Hand.

Zwar das Schiff des Führers gelangte glücklich in den Hafen, aber die Santa Anna, die mich und — den Todten trug, erlag dem Unwetter. Es war Nacht um uns — die Matrosen lagen betend, heulend auf dem Verdeck — vom Mastbaum herab mir zu Füßen sank klirrend das Kreuz — ein Blick noch auf das Zeichen der ewigen Huld, dann — ein Krach, ein Schrei — wir fuhren auf; schäumend drang die Welle ein, ein Stoß, ein Ruck wie mit gewaltigem Hebel, und in's Unermeßliche verstreute eine Riesenhand mit des Schiffes Trümmern das ohnmächtige Menschen= gewürm. In der Todesangst klammerte ich mich an schwimmendes Gebälk — da, ehe sich mir das Auge schloß, sah ich ihn, den Deutschen, ringend mit der Fluth, die Hände dräuend geballt, als wollte er den Himmel anklagen, auf mich gerichtet das geisterbleiche Haupt, die glühenden Augen — sie durchdrangen das Dunkel, wuchsen und wuchsen, bohrten sich mir in Hirn und Herz und durchsiedeten die kalte Meerfluth, daß ich einen Vorschmack bekam von der Pein der Verdammniß. Und immer wenn die Erinnerung kommt, nahen sie wieder aus Dunst und Nebel — dort aus dem Winkel, schweben heran, Leuchtkäfern gleich, unheimlich ge= lassen, nehmen ihren Weg und finden ihn, und da hilft kein Weichen, kein Wenden — (Auf Brust und Stirn deutend.) — hieher — hieher — hinweg, furchtbare Quäler, höllische Geister, hinweg! (Er sinkt in einen Sessel.)

Blanca.

Armer Adone, kommt zu Euch! — Kind, was hast Du gethan!

Florez.

O weh!

Bernaldez.

Ihr seid krank, Don Adone. Die feurigen Kugeln sind Schuld an Eurer bösen Phantasie.

Adone.

O daß sie es wären!

Maria.

Ich danke Euch, Adone.

Adone.

Ihr habt es gewollt. So sah ich ihn sterben. Mich selbst rettete ein heimkehrender Portugiese. Die neue Welt sah ich nicht, und seitdem -- betrete ich kein Schiff mehr.

Maria (für sich).

Mein Argwohn, mein furchtbarer Argwohn! — Wie mir jetzt vor ihm graut!

Neri
(nach einer Pause, ein Glas ergreifend).

Ohne es zu ahnen, habe ich einen Schmerz aufgeregt, der tiefer und schwerer scheint als das Leid, das der Dahingeschiedene seinen Freunden sterbend bereitet. Ich bitte die edle Gesellschaft um Verzeihung. Aber können wir nicht den einen Schmerz durch den andren heilen? Don Adone, so gewiß Euch mein Freund im Leben keine Wunde hätte schlagen können, so wenig vermag er es im Tode. Versöhnt seinen Schatten, versöhnt Euch ihm! — Und du, große, glühende Seele, wenn es einen Weg aus diesem Dunkel zu dem ewigen Lichte giebt, dem alles Herrliche, das hienieden vom Staube belastet und gehemmt als sein Herold gewandelt, sich flammend wieder vereinigt — hör' uns dein Andenken feiern. Wie dieser Trank mein Blut und zum Quell meines Lebens wird, so bleibst du für immer ein Theil von mir. Ich vergesse dich nicht, ich verlor dich nicht.

Florez.

Phantast!

Neri.

Wer trinkt mir nach? Don Adone?

Adone (zaudert).

Maria.

Ich.

Adone.

Maria!

Blanca.

Kind! Welche Unbesonnenheit!

Die Gäste.

Die Braut?

Maria.

Warum nicht? Sein Vater war ein Deutscher wie der meine, er selbst war der theure Gespiele meiner Jugend. Eine kindliche Erinnerung verband uns: Deutschlands Buchenwälder, seine Burgen, seine grünen Flüsse — wir sahen sie, wir fühlten ihren heimathlichen Hauch, sie grüßten uns in unsren Träumen. Ludwig Behaim, so bleibst du für immer ein Theil von mir. Ich vergesse dich nicht, ich verlor dich nicht.

Florez.

Es scheint, ich bin zu einer Leichenfeier geladen. Gehen wir nicht?

Elvira.

Ich unterhalte mich vortrefflich.

Najarre
(sich mit den Seinen verabschiedend).

Lebt wohl, edle Frau.

Blanca.

Ihr bekümmert mich. Bleibt noch.

Maria.

Wer trinkt mir nach? Don Adone!

Blanca.

Merkt nicht darauf, liebe Gäste, ich bitt' euch.

Neri.
Thut es, Adone.

Adone
(das Glas ergreifend).

Ich kann nicht — ich habe ihn gehaßt, tödtlich wie keinen auf dieser Erde, und — und — ich kann nicht!
(Er zerschmettert das Glas.)

Blanca.
Adone! Herr im Himmel!

Maria.
Immer furchtbarer blitzt es mir auf!

Galvez
(aus dem Schlafe aufschreckend).

Was klirrte da?

Elvira.
Jetzt wird es allerdings Zeit zum Aufbruch, junger Florez.

Blanca.
Es war Don Adones Becher.

Galvez.
Hol' ihn der Teufel. Es ist venetianisches Glas. Warum nimmt er sich nicht in Acht, Herr Sohn?

Blanca.
Er weigerte sich auf das Gedächtniß des jungen Behaim zu trinken.

Galvez.
Darum? Dann ist es gut. Den hasse ich, wie ich den Genueser hasse, nein, ärger. Sein Vater fischte mir die besten Kunden weg! Nun, dafür packte man ihn in Saragossa. Es ist gut, Adone! Ihr braucht das Glas nicht zu ersetzen.

Blanca.
Laßt euch nicht verscheuchen, edle Herren!

Neri.

Nicht doch, Madonna. Don Adone hat uns an unsre Pflicht erinnert. Da wir ihn krank sahen, hätten wir ihm mit unsrer Gesellschaft nicht länger beschwerlich fallen sollen.

Galvez.

Ich bin müde. Zu Bette, zu Bette! (Die Diener führen ihn hinaus.)

Adone.

Verzeiht, ich bitte — und Ihr, Maria —

Florez.

Schlaft wohl, Adone.

Elvira.

Ihr seid zu mitleidig. Schlaft wohl.

Neri
(Maria die Hand küssend).

Gestattet mir, Doña Maria. Eine theure Erinnerung hat uns schnell verbunden. Möchtet Ihr glücklich werden.

Juan (hinausrufend).

Die Sänfte für Doña Elvira.

Blanca.

Vergeßt nicht wiederzukehren, edler Neri.

Colonna (zu Neri).

Ich muß Dich sprechen. Der Priester belauert Dich. Hüte Dich um Gotteswillen.

Neri.

Der Priester?

Colonna.

Du hast Dich selbst verrathen! Unglücklicher! Vielleicht sitzt Dir die Schlinge schon im Nacken.

Neri.

Du schwärmst.

Juan (rufend).

Die Fackeln! Holla!

Galindo.

Einen Augenblick noch, meine Damen und Herren. Ungern entledige ich mich in diesem peinlichen Augenblicke eines Allerhöchsten Auftrages — oder vielmehr: Ich bin glücklich mich in diesem peinlichen Augenblick eines Allerhöchsten Auftrages entledigen zu können —

Florez.

Um Gotteswillen!

Galindo.

Don Adone! Unsre Könige, die Gott erhalte, ernannten Euch zum Marques de la Mota und bitten Euch, in Eurer neuen Würde als Statthalter nach Hispaniola zu ziehen und Eure ruhmreichen Verdienste um das Wohl unsrer heiligen Kirche auch dort unter den Heiden, die im Finstern wandeln, hell und heller glänzen zu lassen. Dies das Hochzeitsgeschenk der erhabenen Monarchen, das ich zu überbringen stolz bin. Empfangt mit diesem Document meine Glückwünsche.

Die Gäste.

Ah! — Meinen Glückwunsch, Don Adone!

Fray Leon.

Seid Ihr mit mir zufrieden?

Adone (zerstreut).

Euer Werk? Nehmt meinen Dank!

Fray Leon.

Bis morgen.

Bernaldez.

Ein guter Schluß! Ihr verdient es, Adone. Lebt wohl.

Juan.

He, Fackelträger!

Blanca.

Es endigt zu jäh. Ich bin ernstlich betrübt.

Galindo.

Es war ein herrliches Fest.

Adone.

Meinen Dank werde ich morgen am Thron der Königin persönlich niederlegen. Wann trifft sie in Sevilla ein?

Galindo.

Morgen. Sie hält ihren großen Gerichtstag und erwartet die Rückkehr des Genuesers. — Baldige Genesung, Herr Marques!

Maria
(zu ihrer Zofe Mercedes).

Mercedes! Das schwarze Kästchen von meiner Kammer — Du kennst es! (Mercedes geht. Die Gäste haben sich sämmtlich entfernt.)

Zweite Scene.

Blanca. Maria. Don Adone.

Adone.

Sie sind fort. Endlich! — Könnt Ihr mir verzeihen, Maria? Ich will der Schuldige sein, ich ganz allein. Aber bedenkt auch, wie schwer es mir werden mußte. Seht mich nicht so strafend an. Ihr habt Recht, Ihr könnt, Ihr müßt sein gedenken — nur daß Ihr es heute thatet, vor Aller Augen, so laut, so offen — das machte mein Blut kochen. Kennte meine Liebe zu Euch Maß und Grenze — ich würde vielleicht mit einem verlegenen Lächeln bei Seite gestanden haben. Aber weil Ihr mein ganzes Glück seid, mein ganzes, in Verzweiflung begehrt und errungen, riß es mich fort — verzeiht mir! Vergeßt auch das spanische Blut nicht. Ihr habt Eures Vaters Art — nicht wahr, edle Frau? — und die Deutschen tragen zehnfache Riegel vor ihrem Herzen.

Blanca.

Das heißt wohl gesprochen — und Du wirst vernünftig sein, meine Tochter.

Maria.

Ihr seht ja, Mutter, daß ich es bin. Ich höre Alles an und — danke Euch, Adone. Nur, wenn Ihr mich liebt, verlaßt mich jetzt.

Adone (gepreßt).

Findet Ihr keine andre Bitte? Eine Stunde noch! Wie thäte sie mir jetzt wohl, Eure kühlende Hand auf meiner heißen, pochenden Stirn.

Maria.

Haltet auf Eures Hauses Ehre, Mutter.

Blanca.

Meine Tochter hat Recht. Kein Bräutigam darf nach Mitternacht mit der Braut unter einem Dache weilen. Im Festgetümmel wäre es entschuldigt — aber jetzt, allein — darum geht, guter Adone. Der nächste Tag wird Euch überreichlich entschädigen.

Adone.

Ueberreichlich! Noch kann ich es kaum fassen. Es ist ein Glück über alle Träume. — Lebt denn wohl; und bevor Ihr einschlaft, lauscht hinüber nach dem Guadalquivir, wenn ihr wollt.

Mercedes
(die mit einem Kästchen zurückgekommen).

Ein Ständchen?

Adone.

Still!

Maria.

Ich erkenne Eure Güte. Lebt wohl.

Adone.
Lebt wohl. Gute Nacht, edle Frau.
Juan (hinausrufend).
Der Fackelträger für Don Adone!
Blanca.
Und schließe die Pforten, Juan! (Juan geht.)
Maria
(fällt der Doña Blanca um den Hals).
Mutter, Mutter!
Blanca.
Ich danke Dir.
Maria.
Ich will Dich nicht aufs Neue mit meinen Klagen quälen. Ich weiß ja: auch Du bist nicht frei. Das Haupt der Familie will es, der furchtbare Alte, Dein Vater — und ich selbst habe nicht immer widerstrebt. Nein, sage Nichts, ich will still sein. Nur laß auch Du mich allein. Geh schlafen. Morgen ist Alles verwunden.
Blanca.
Gute Nacht, Maria.
Maria.
Mercedes bleibt bei mir. Gute Nacht, Mutter.
Blanca.
Gute Nacht. (Sie geht.)

Dritte Scene.
Maria. Mercedes.
Maria.
Gutes Kind, Dir falle ich nicht beschwerlich — und allein zu tragen vermag ich's nicht. (Sie nimmt das Käschen.) So muß es denn geschieden sein, theurer Freund, geschieden

für immerdar, auch von Deinem Andenken. Hier halte ich Deine Liebeszeichen, zum letzten Male, um sie für immer zu vernichten. Fahre denn wohl, du Reigen schwebender Engelsköpfchen, zierliches Kettlein, das er mir einst um den Hals schlang, halb noch ein Knabe. Du Kreuz von duftendem Sandelholz, das seine Hand geschnitzt — o er verstand sich auf tausend Künste, Mercedes — fahre wohl, vierblättriger Klee, auf des Vaters heimathlicher Wiese unter dem Nuß= baum am Rheinufer gepflückt — du solltest ein Glückspfand sein — fahre wohl! Und ihr vor Allem, letztes theuerstes Gut, ihr rothen Rosen vom Tajo, Pfänder des ersten Kusses, mit dem weißen seidenen Bande, das unser Beider Namen trägt, fahrt wohl! Ihr verwelktet; findet wie er ein Grab im Wasser. Hinab! Die Welle trägt sie fort, sie verschwinden — — dahin!

(Sie legt das Haupt auf die Brüstung und weint.)

Mercedes.

Liebe theure Herrin! Es muß ein schwerer Ab= schied sein.

Maria.

O könnt' ich ihnen nach! Eine Beugung nur, und — Aber nein, nein — niemals! Das wäre der Sünden größte! Himmlische Gnade, du hältst mich!

Mercedes.

Arme Herrin! War denn kein Zweifel, kein Hoffen mehr möglich?

Maria.

O Kind, wie oft habe ich an der Brüstung gelehnt, dort — und hinausgestarrt, hinaus nach Westen, als müsse die Nacht, die ihn verschlungen, ihn mir zurückgeben! Nach jeder verhangenen Barke späht' ich, die wie ein Sarg vor= über glitt, und „Sie wird sich öffnen" rief es in mir, öffnen vor dem Gebot der allgewaltigen Liebe, die auch den

Tod bezwingt; wie der Auferstandene wird er ihren Schrein verlassen, dort am Gemäuer heraufklimmen, wie er es als Knabe that, und ein seliger Morgen wird für uns anbrechen, ein Tag ohne Ende! Thörichte Sehnsucht! Er ruht im Meere und ich bin die Braut des Adone.

Mercedes.

Und wenn er käme —

Maria.

Wenn — still, o still! — wenn er käme — ja warum leugn' ich's? oft ist es mir selbst, so klar, so greifbar, als müsse er leben, als werde er dereinst kommen, das Dunkel eines Frevels zu lichten — es ist Wahnsinn, ich weiß es — und dennoch: laß mich denken, es sei so! Laß diesen Traum die ferne Sonne hinter der schwarzen, dicht lastenden Wolke der Wirklichkeit sein; sie wird sie golden umsäumen und ihre Schrecken lieblich verklären.

Mercedes.

Und kommt er nun und findet Euch eines Andern?

Maria.

Mädchen, Mädchen! was zergliederst Du, was nicht zu zergliedern, nicht zu enträthseln ist — den Widerspruch eines Menschen=, eines Frauenherzens? Aber ich liebe Dich um dieses festen Treuglaubens willen.

Mercedes.

Ihr hättet doch Nein sagen sollen; Ihr könnt mit Don Adone nicht glücklich werden.

Maria.

Gewiß nicht — das fühl' ich heute mehr als je. Aber fragt man in Spanien darnach, und sind wir Frauen nicht geboren uns zu opfern? Ich habe geweint, gefleht, wider=
strebt — umsonst! Die Mutter beschwor mich, der Ahn

gebot, Adone ward so dringend, so schreckhaft, er liebt mich
bis zur Raserei — seine Gluth betäubte mich, und — ich
bin ein Mädchen.

Mercedes.

Schwache Dinger sind wir freilich.

Maria.

Ich klage mich an, ich hätte stärker sein sollen — aber
wie oft fühlte ich Mitleid mit seiner Liebe. Heute aber —
heute —

Mercedes.

Er gilt für den reichsten Kaufherrn in ganz Sevilla,
und doch gleiten im Jahre mehr Kugeln am Rosenkranz als
Golddublonen durch seine Hände. Ein frommer Herr!

Maria (seufzend).

Seine Liebe, sein Glaube — sie mögen mich denn
trösten. Werden sie aber auch den Verdacht in mir zum
Schweigen bringen? So spricht der Schrecken nicht allein —
so spricht die Schuld.

Mercedes.

Ihr meint?

Maria.

O Nichts, Nichts!

Mercedes.

Don Ludovico nahm es mit dem Gebet wohl nicht
so genau?

Maria.

Du irrst, er hatte ein gläubiges Herz.

Mercedes.

Und wäre es auch; ich meine, selbst eine Lästerung
hätte ihm wohl angestanden. Er sah so freudig, so stolz,
so kühn darein, als hätte er bessere Heilige als wir —
heiliger Pedro, vergieb mir die Sünde!

Maria.

Er hatte ein Lied — es klang so süß! Weißt Du noch? Deutschlands Ritter haben es einst gesungen, die mit der Harfe von Burg zu Burg zogen.

„Ich bin dein, du bist mein,
Deß sollst du gewiß sein"!

Mercedes.

Eine Laute, liebe Herrin.

Maria.

Don Adones Serenade. Ich will sie nicht hören.

Mercedes.

Warum nicht? Der junge Conde wird singen, den sie die Stimme der Nacht nennen.

Maria.

Der melancholischeste von allen.

Mercedes.

Er habe eine Sammetstimme, sagen die Kenner. Hört nur.

Maria.

Das Vorspiel. Aber das ist nicht Conde; das klingt viel heller und freudiger.

Mercedes.

Hört nur.

Maria.

So singt auch fein Conde.

Mercedes.

Nein, das ist die Stimme der Nacht nicht. Das klingt wie Leben und Sonnenschein.

Maria (zitternd).

Das ist — Allewiger! Aber es kann nicht sein!

Mercedes
(an der Brüstung).

Herrin, Herrin — seht dort! Hochaufgerichtet steht es an der Myrtenhecke. Seht Ihr das blonde Haar? Ihr Heiligen, ich fange an mich zu fürchten.

Maria.

Sein Lied — „Ich bin dein, du bist mein" — Giebt das Meer seine Todten zurück — ist der jüngste Tag gekommen? Ich bin —

Mercedes.

Herrin, Herrin, seht wie sein Auge im Monde gleißt.

Maria.

„Du bist" — der Ton bricht ab.

Eine Stimme.

Maria!

Maria.

All ihr Heiligen!

Mercedes.

Es biegt den Buchsbaum bei Seite — es dringt durch das Gebüsch, klimmt am Gemäuer hinauf —

Maria (ohne hinzusehen).

So sah ich's, so ahnte ich's —

Mercedes.

Jesus!

Ludwig
(erscheint auf der Brüstung).

Maria!

Maria.

Ah!! (Sinkt mit einem furchtbaren Schrei zu Boden.)

Mercedes.

O heilige Jungfrau, es wird sie tödten.

Ludwig
(Maria in seinen Armen haltend, zu Mercedes).

Bewache die Pforte. Tritt an die Barke. Laß die Mandoline nicht schweigen, damit kein Argwohn entsteht.

Mercedes.
Und seid Ihr es denn wirklich, seid Ihr's? Theurer, theurer Herr! *(Sie küßt seine Hand.)*

Ludwig.
Was machst Du? Geh! Schließe den Vorhang, damit uns kein Schatten verräth. Geh! *(Mercedes geht.)*

Vierte Scene.
Ludwig. Maria.

Ludwig.
Schlage die Augen auf, Geliebte. Erwache! Ich führe einen Hauch vom Meere mit mir, der keinen Schlummer duldet. O könnt' ich wie Dich auch das sieche Spanien aus seiner Ohnmacht wecken! — Nicht dieser schreckensvolle Blick! Fühle meinen Kuß, glaube, daß ich lebe, daß ich gekommen bin, Dich zu erlösen, Dein Freund, Dein Geliebter. Maria, Maria!

Maria.
Der Kopf wirbelt mir — ich faß' es nicht. Hat die Hoffnung Kraft? Bist Du's? bist Du's wirklich? Du zergehst mir nicht in Luft, duldest den Händedruck, die Umarmung? So muß es dem Sterbenden sein, dem sich in schwarzer Todesnacht die Himmelspforte plötzlich blendend öffnet! Welch' ein Meer crystallenen Lichts! O Du — *(Sie sinkt ihm in Lachen und Weinen an die Brust.)* — Du Unvergessener! Du Lieber, Guter, Wilder!

Ludwig.
Finde Dich nur zurecht.

Maria.

Brauche ich's noch? Ich höre Deine Stimme, das sind Deine Augen, und hier das Kreuzchen, das Du Dir als Knabe in den Rücken der Hand kerbtest, ohne mit der Wimper zu zucken — ich sah's und wurde todbleich.

Ludwig.

Das ist Seemannsbrauch.

Maria.

Und Du kehrst wieder, zu mir —?

Ludwig.

Und nicht mit leerer Hand. Sieh was ich halte. Das war Dein erster Gruß.

Maria.

Meine Rosen, die Rosen vom Tajo! Sie kommen wieder? Allewige Vorsicht!

Ludwig.

An meiner Barke trieben sie wie eine Leiche vorüber, das weiße Band schleifte trauernd nach, ich griff nach ihm — da sind sie. Treulose, Du wolltest mein Andenken mit ihnen versenken! Siehst Du nun, daß ich zu guter Stunde kam? Sie sollen nicht vergehen, so wenig wie unsre Liebe.

Maria (angstvoll).

Ludwig, Ludwig!

Ludwig.

Zittre nicht, verbirg Dich nicht. Du wußtest mich todt, Jahr entfloh um Jahr — da folgtest Du der Mutter, dem Drängen des Werbers — Adone?

Maria.

Adone.

Ludwig.

Ich hätt' es denken können. Adone! Elender, Mörder!

Maria.

Was sagst Du? Ahnte ich's —? O schrecklich!

Ludwig.

Laß! — Also er!

Maria.

Du wirst mich hassen.

Ludwig.

Geliebtes Leben, auf dem Meere verlernt man den Glauben an die Dauer des Irdischen. Und wenn ich Dich verloren hätte, dürfte ich klagen? Sage mir denn eins: ist Dein Herz noch das gleiche? liebst Du mich noch?

Maria.

Ja, Ludwig.

Ludwig.

Ich danke Dir, daß Du keinen Schwur, keine Betheuerung hinzugesetzt. Der Ton sprach Wahrheit. — Und nun sei fröhlich, Du treue Liebe, Alles ist gut. Schmücke Dich hochzeitlich, wenn die Mittagsglocken läuten — Dein Bräutigam ist gekommen, Dich heimzuführen.

Maria.

Entsetzlich! Was sprichst Du.

Ludwig
(mit leiser Bitterkeit).

Ihr habt kein Glück mit mir, Don Adone. Erst beschwatzte ich Euren Sänger und kaufte ihn ab, jetzt betrüg' ich Euch auch um die Braut.

Maria.

Du willst mich ihm rauben, vom Altar? O mir ahnt Unheil! Keinen Frevel, Geliebter, ich beschwöre Dich bei Allem, was heilig ist.

Ludwig.

Sei ohne Sorgen. Er wird sein Recht auf Dich willig fahren lassen, wenn er mich sieht. Was nenne ich sein Recht? Wem gehörst Du an, ihm, dem der Himmel mein Leben zürnend abrang, den Dein Herz mit allen Fasern verweigert —

Maria.

Ja rette, rette mich vor ihm!

Ludwig.

Oder mir, den Dir Gott in höchster Noth aus der fremden Welt gesandt, daß er Dich befreie, dessen Athem, dessen Herzschlag Du bist? Mein Kommen, diese Rosen — willst Du eine schönere, eine heiligere Bürgschaft unsres Glücks?

Maria.

Ich faß' es nicht, aber ich sehe Dich vor mir, so stolz, so ruhig und sicher — o sei mein Hort und Trost, nimm meine zitternde Seele auf Deine Flügel und trage sie empor, daß sie aus dem Feuerquell des Lichts Freudigkeit und Stärke sauge. — Du kommst? bist da? Woher? Wie ward das Ungeheure möglich?

Ludwig.

Abone weiß es. Morgen sollst Du es erfahren. Jetzt keine widrige Empfindung! Alle Gedanken versinken in dem vollen süßen Kelch dieses Augenblicks. Laß uns vergessen, daß es noch etwas außer uns giebt, daß uns Jahre trennten, daß das Meer zwischen uns lag. Du gehörst mir!

Maria.

Ewig, ewig!

Ludwig.

Mit diesem Worte trotz' ich allen Mächten der Erde! — Und nun fort mit dem Weichmuth! Dicht vom Abgrund

3*

weg pflück' ich mir die goldene Frucht. Kein Märchenprinz kann glücklicher sein als ich). — Abe jetzt! Heute bin ich nur mein eigener Hochzeitlader. (Er küßt sie.) So präge ich mir, ehe ich scheide, noch einmal Dein Siegel ein, und damit — lebe wohl!

Maria.

Du gehst?

Ludwig (heiter).

Ich muß mir doch ein hochzeitlich Kleid sticken lassen. So wie ich bin, von Sturm und Wellen zerrissen, kann ich Dich nicht zum Altar führen.

Maria.

Ich faß' es noch nicht.

Ludwig.

Gute Nacht, gute Nacht! Und morgen, wenn die Glocken läuten, sei bereit! Ich komme!

Maria.

Es ist ein Traum!

(Wie er sich an der Brüstung noch einmal wendet, fällt der Vorhang rasch.)

Zweiter Act.

Dieselbe Scenerie. Helle Tagesbeleuchtung. Säulen und Brüstung der Loggia sind mit Kränzen und Blumen geschmückt.

Erste Scene.

Mercedes an einem Tischchen links, einen angefangenen Kranz in der Hand. Lorenzo. Die Dienerschaft legt an die Ausschmückung der Loggia die letzte Hand.

Lorenzo.

So ernst, liebe Kleine?

Mercedes.

Wie Ihr mich erschreckt.

Lorenzo.

An Eurer Herrin Hochzeitstage glaubt' ich Euch eifriger. Ihr ließet mich mit dem Gesinde ganz allein. Was habt ihr?

Mercedes.

Ach!

Lorenzo.

Nun, nun! Eure Zeit kommt auch.

Mercedes.

Laßt mich.

Lorenzo.

Geht! geht! Ist das ein festlich Antlitz? Thut es Doña Maria gleich. Gestern trug sie das Haupt in Wolken — heute, wie klar, wie selig schaut sie drein! Wie der Berg Carmel! Alles böse Gedünst hat die Hochzeitsonne verscheucht.

Mercedes.

Gott führe ihr Geschick zum guten Ende.

Lorenzo.

Amen! — Frisch, Kinder, frisch! Nur immer mehr! Weinlaub und Hopfengewinde soviel Ihr wollt. Unten am Säulenfuß helft mir mit Schilf nach. Die Rosen verschwendet — nur die Orangenblüthen spart; sie müssen wie die heiligen Tage unter den Werktagen sein.

Maria
(kommt, im weißen Hochzeitkleide, doch ohne Kranz und Schleier).

Wie gut Ihr es mit mir meint, wie lieb!

Lorenzo.

Seid Ihr zufrieden?

Maria.

Erst laßt mich sehen. (Sie betrachtet den Blumenschmuck.) Guter treuer Alter! Ihr habt es nicht vergessen.

Lorenzo.

Die Aehrenbüschel unter den Blumen mit den Cyanen drin. Ihr liebt es nun einmal; was bedeutet es Euch?

Maria.

Braucht das, was man liebt, etwas zu bedeuten? Wenn Du aber willst, so denke, es sei unter den Freuden des Lebens der tüchtige, körnige Sinn. Zu viel Glück macht mich krank. Ich konnte mit Keinem froh sein, ehe ich nicht ernst mit ihm war.

Lorenzo.

Ja, Ihr seid fromm.

Blanca
(die Marien gefolgt ist; zu Mercedes).

Begreifst Du das?

Mercedes.

Möchte Alles gut werden!

Blanca.

Ist es das nicht schon? Ich hätte es mir nicht träumen lassen. Aber Du siehst blaß — und bist noch ungeputzt! Eile Dich! Das fehlte, daß Du heute zu spät kämest!

Mercedes.

Sorgt nicht, edle Frau.

Lorenzo.

So, nun ist es gut.

Maria.

Und ich danke Euch, Kinder. (Doña Blanca redet mit den Dienern und der Zofe, die sich bald zurückziehen.) — Geliebter, Geliebter, wie hast Du mir das Herz verwandelt! Noch weiß ich nicht, was mir der Tag bringt. Hader, Drang und Gefahren vielleicht — nein gewiß, o gewiß! Und doch — er kommt unter Deinem Zeichen! Ich bin ruhig. Der Glaube an das ewige Heil kann nicht seliger machen als diese Zuversicht!

Blanca.

Maria!

Maria.

Mutter, Mutter!

Blanca.

Ich möchte den Kopf schütteln. Dein Kuß brennt, Deine Augen leuchten wie im Uebermuth. Glüht nach dem Regen die Sonne zu heiß, so giebt es ein Gewitter, sagt man. Was hat Dich so verwandelt?
(Sie sitzen vorn links, Maria zu Füßen der Mutter.)

Maria.

Die Nacht, Mutter, in der guter Rath kommt. Wünschtet Ihr mich nicht heiter und gefaßt? Ich bin es und nun werdet Ihr bedenklich.

Blanca.

Verhüt' es Gott, daß ich Dir die Freude trüben sollte. Der Himmel segne Dich.

Maria.

Das wird er, Mutter, wenn er mir bescheert, was ich erhoffe.

Blanca.

Eine so feurige Liebe wie Adones überwindet endlich allen Widerstand. So geht es nun auch Dir. Und Du bist immer noch glücklich daran. Die spanischen Frauen sind nichts als Ehrenpreise und manchen Ritterschild haben sie blank putzen müssen. Tausende und Abertausende geben sich damit zufrieden und verlangen nicht mehr. Da wird es Dir anders.

Maria.

Wie Dir, als mein Vater um Dich warb. Hieß Dich die Welt nicht eine glückliche Braut?

Blanca.

Ich war es, Kind, und war stolz darauf. Manche Gespielin hat mir ihn beneidet. Es war ein herrlicher Mann! Die Mediceer wurden aus Kaufleuten Fürsten, die die Hand über den Erdboden streckten; er hätte ein Königreich schaffen können, gegen das Florenz ein Tropfen im Ocean gewesen wäre. Unter uns: König Ferdinand ist ein Tröbler gegen ihn.

Maria (liebkosend).

Gute Mutter.

Blanca.

Und mußte so früh dahin!

Maria.

Aber er hat Dir seinen Sinn ins Herz gepflanzt und ich bin Euer Beider Kind.

Blanca.

Ich wollte, Du hättest Dich seiner Herrlichkeit länger freuen können. Du würdest ihn schwärmerisch geliebt haben.

Maria.

Ludwig Behaim, heißt es, habe ihm geglichen.

Blanca.

Ich wollt' es nicht sagen, aber da Du mich selbst darauf bringst: ja, Kind. Er glich ihm, wie sein Vater meinem Gemahl. Sie waren die schönsten Jünglinge der Welt und machten alle schwarzen Augen und Locken im Preise sinken. Die deutschen Zwillingsgötter nannte sie das Volk.

Maria.

Wenn er nun gekommen wäre, mich von Dir zu fordern — das eine sage mir noch, Mutter — hättest Du mich gesegnet?

Blanca.

Kind, wie fragst Du? und an diesem Tage? Aber er ist dahin, für immer, warum also soll ich's verschweigen? Ja, Kind, mag der Ahn den Sohn wie den Vater hassen, ich hätte Dich gesegnet und gesagt: glücklicher, als ich durch Deinen Vater, kannst Du nur mit jedem Tage werden, den er länger lebt als jener. Nimm ihn hin!

Maria.

So dank' ich Dir, Mutter. Du hast mich gesegnet. Was auch kommen mag, irre nicht an mir. Ich bleibe Dir und dem Vater getreu. — Und nun will ich Adone erwarten.

(Adone kommt.)

Adone.

Der vor der Zeit kommt, doppelt ungeduldig, und, sobald er Euch gesehen, sofort auch doppelt glücklich und beruhigt. Ihr zürnt nicht mehr und Eure Milde und Güte verheißt mir die schönste Zukunft.

Maria (unsicher).

Ich habe Euch Manches abzubitten, Adone.

Adone.

O redet nicht so! Jedes freundliche Wort von Euch führt einen Ueberschuß von Gnade mit sich und macht mich zu Eurem Schuldner. (Er begrüßt Doña Blanca mit einem Handkuß.) Edle Frau!

Blanca.

Wollt Ihr nicht sehen, wie der alte Lorenzo seinen Garten geplündert? (Sie treten in den Hintergrund.)

Maria.

Seine Sorglosigkeit preßt mir die Brust zusammen. Ich glaubte nur ein süßes Geheimniß zu hüten und fühle nun plötzlich seinen schmerzenden Widerhaken: die Lüge. O komm, komm bald, mein Geliebter, ehe dieser Streit der Gefühle mich auf's Neue verwirrt. Wie ein Nachtwandler muß ich meinen Weg vollenden, trunken und sicher vom Glanz des goldenen Lichtes — jeder Schreckruf, der mich zur Besinnung bringt, auch der des eigenen Gewissens, stürzt mich in Gefahr.

Adone.

Wie reich, wie prächtig! Ein Meisterstück. Nicht wahr, Maria?

Maria.

Ihr meint?

Adone.

Nur diese Sträuße verletzen mich. Aehren und Cyanen taugen schlecht zu dem vornehmen Dunkel der Lorbeeren, zu dem Edelsteingefunkel dieser Orangenblüthen.

Blanca.

Es ist deutsche Sitte. Maria liebt es so.

Adone (gedehnt).

Ah so! — Verzeiht! Ich merke, daß ich mich mit den Gewohnheiten Eurer zweiten Heimath vertraut machen muß, um Eure Wünsche verstehen und — errathen zu können. (Es tritt eine verlegene Pause ein.)

Juan (kommt).

Ein Fremder bittet Don Adone um eine dringliche Unterredung, und dieses Schreiben schickt Euch Frau Leon.

Maria.

Gott sei Dank! Es hätte mich niedergedrückt.

Adone.

Wie ungelegen. Jetzt? Wo empfang' ich ihn?

Blanca.

Hier seid Ihr ungestört. Wir räumen Euch das Feld. Auch kommt es uns Frauen ganz erwünscht, daß man Euch beschäftigt. Es giebt noch so Manches zu thun, bis die Stunde schlägt, und ein Kammerheld und Topfgucker dürft Ihr uns nicht werden. Wir verschließen alle Thüren.

Adone.

Es wird mir schwer — aber es muß sein. Säumt nur nicht zu lange.

Blanca.

Komm, meine Tochter. (Sie gehen.)

Adone.

Lebt wohl, Maria! — Dem Himmel sei Dank, ich kann ruhig sein. Wie leicht, wie wohl mir ist! Endlich also, endlich am Ziele! (Zu Juan.) Führe den Fremden herein und sorge, daß man uns nicht stört. (Juan geht.) Und was will der heilige Mann? (Er eröffnet den Brief.) „Versichert Euch Nevis noch heute. Entlockt ihm das Kreuz. Er ist gewarnt und könnte entkommen". An meinem Hochzeitstage? O freilich, er ist ja ein Priester! Nichts davon, Fray Leon! Heute verderbe ich Keinen. Selbst Deine Gewalt versinkt mir in den farbigen Wogen meines Glücks!

Zweite Scene.

Adone. Ludwig.

Ludwig
(tritt ein, eine schwarze Maske vor dem Antlitz).

Adone.

Eine Maske?

Ludwig.

Auch Ihr tragt eine, Don Adone.

Adone.

Es ist also auf einen Scherz abgesehen? Sei es! Ihr könntet mich nicht in beßrer Laune finden. Nur aufhalten dürft Ihr mich nicht wollen.

Ludwig.

Kein Scherz. Ich bin gekommen Euch an eine Schuld zu mahnen.

Adone.

Ein ernsthaftes Geschäft? jetzt? an meinem Hochzeittage?

Ludwig.

Es leidet keinen Aufschub.

Adone.

Warum sucht Ihr unsre Bank nicht auf?

Ludwig.

Meine Sendung betrifft Euch persönlich.

Adone.

Kommt Ihr aus Italien? aus Deutschland?

Ludwig.

Weiter her.

Adone.

Ihr redet wie der steinerne Gast. Spannt meine Geduld nicht auf die Folter, ich bitt' Euch.

Ludwig.

Erkennt Ihr mich nicht?

Adone.

An der Stimme? — — Heilige Jungfrau! — Nein, Herr — Ihr seht, ich muß lächeln.

Ludwig.

Und zittert doch dabei?

Adone.

Eure geheimnißvolle Art könnte auch Stärkere unruhig machen — darum gebt Euch zu erkennen.

Ludwig
(die Maske abreißend).

Nun denn — sieh her!

Adone (aufschreiend).

Ludwig — Ludwig Behaim! (Er taumelt und sinkt zu Boden.)

Ludwig.

Unglücklicher! — Hätte ich je an Deiner Schuld gezweifelt, jetzt hättest Du Dich selbst gerichtet.

Adone
(sich aus seiner Betäubung aufrichtend).

Furchtbarer Mahner! Aus welcher Hölle kommst Du? Was willst Du von mir? Hast Du Dir die letzte schärfste Qual bis auf diese Stunde gespart, die mir das Glück der Himmel bescheeren sollte? Wirthschaftet die Verdammniß so haushälterisch? O es ist entsetzlich!

Ludwig.

Besinne Dich, unseliger Mann! Bin ich auch als Dein Richter gekommen, ich kann Dich so nicht sehen.

Adone.

Immer noch, immer noch — Du weichst nicht — das heilige Kreuz verscheucht Dich nicht —

Ludwig.

Wach auf! Ich lebe!

Adone.

Du — Du — das ist unmöglich! — Du lebst —

Ludwig.

Unglücklicher! Dir wäre besser, ich läge todt im Meere.

Adone.

Du lebst — Du lebst? Es kann nicht sein — Und doch! So blüht die Wange den Abgeschiedenen nicht, Deine Hand ist warm — hier hämmert Dein Blut — Du lebst!

Ludwig.

Weißt Du, warum ich komme?

Adone.

Ich — ich — (Er sinkt plötzlich auf die Kniee, mit leidenschaftlichem Ausbruch.) Herr mein Gott, ich danke Dir! Erlösung! Erlösung! Du nimmst sie von mir, die Martern der schlaflosen Nächte, die Qual der ewigen Verstellung! Zur Ruhe, Du kalte feuchte Todtenhand, die mir Nachts über das Antlitz fuhr, daß es mich bis ins innerste Mark durchschauerte und mir die Zähne klapperten — zur Ruhe! Ich darf wieder zu euch emporblicken, ihr Sterne, ohne der Augen zu gedenken, die sich mir in letzter Qual in die Seele gebohrt! — Ludwig, Ludwig — ich bin ein glücklicher Mensch — freue Dich — ich bin kein Mörder, kein Mörder —

(Er fällt ihm in einem Ausbruch krampfhafter Freude um den Hals.)

Ludwig.

Ist dies nun Wahnsinn? Ist es ehrliche Reue? Ich faß' es nicht.

Adone (sich losreißend).

Eine Krone mit neun Smaragden gelobe ich der heiligen Mutter von Toro, eine Weltkugel von purem Golde dem Jesuskind von Guadelupe — Du hörst es, bezeug' es, nimm mich beim Wort — Und Dir zu Ehren, Gott Vater, soll der heilige Holzstoß bis zum Engel der Giralda lodern, daß seine Posaune an der Gluth zerschmilzt — Ich ersetze sie — ich schaffe Dir Opfer, ich schaffe Dir —
(Er hat sich wieder an Ludwig geklammert.)

Ludwig.

Unsinniger, zurück! Weil Du Dich von einem Morde rein glaubst, hoffst Du im Namen Gottes ungestraft tausend begehen zu dürfen? Wie konnte ich nur einen Augenblick an Dir irre werden!

Adone.

Rein glaubst — glaubst? Stehst Du nicht lebend vor mir?

Ludwig.

Bleibt Deine That darum ungeschehen? Wer bist Du, daß Du die Barmherzigkeit des Himmels zu Deinen Ver= diensten schreibst?

Adone.

Weh mir! Also bist Du gekommen anzuklagen, Dich zu rächen?

Ludwig.

Rache an Dir? Es verlohnte sich auch. Anzuklagen? Mein Dasein klagt Dich an.

Adone.

Es spricht mich frei. Los, ledig bin ich aller Lasten.

Ludwig.

Herrlich! Vortrefflich! Eine wunderwürdige Moral!

Adone.

Tritt vor den Richter, versuch' es, ob er mich schuldig spricht. Wir schwammen auf elendem Wrack, das uns Beide nicht trug. Einer oder der Andre — ich stieß Dich hinab; es war eine That der Verzweiflung, ein Unglück, für das es keine Justiz giebt.

Ludwig.

Sehr gut, sehr fein! Also bei aller Gluth und Wildheit der Sinne bist Du klug und kalt genug geblieben um Dich mit einem elenden Sophismus, einer feigen Lüge zu retten — selbst in dieser Stunde! Vielleicht hast Du es Dich etwas kosten lassen und die Rechtsgelehrten von Bologna um ihr Gutachten ersucht. Schade nur, daß es so wenig half Dir den Schlaf zurückzugeben, daß Dein Gewissen ehrlicher war, als ihre trockene Weisheit. Ich bin zwar gewiß, daß sich jetzt Alles ändern wird. Nicht die That, nur ihr vermeinter Erfolg quälte Dich, nicht der Mordstreich, nur das Bild des Todten, von Deiner geschäftigen Phantasie ins Grausenhafte verzerrt. Nun denn, Don Adone, Marques de la Mota, erleuchtetes Werkzeug der Inquisition, von heute an übernehme ich das Strafamt Deines Gewissens und rufe Dir zu: Du logst!

Adone.

Ludwig Behaim!

Ludwig.

Du logst! Wir harrten in jener bangen Stunde auf sichrem Plankenwerk geborgen der Stunde der Rettung entgegen, Du und ich, den Dein Haß verfolgt von Kindheit an, weil meine helle Fröhlichkeit über Deinen düstren Sinn siegte wohin wir kamen, weil mir die Gunst der Minute zutrug, was Du in Tagen und Wochen, die Lippen zernagend, die Fäuste ballend nicht errangst. Wir waren zu Jünglingen gereift; jetzt handelte es sich um keine Schulaufgabe mehr — aber wir liebten! — Du weißt, wen!

Adone.

Maria! Tod und Verdammniß!

Ludwig.

Nenne das Leben, nenne die Seligkeit, wenn Du ihren Namen rufst. Ich that es! Das Herz voll von ihr rief ich ihn mit meinen Grüßen hinaus in das tobende Wasser, in die brausende Luft — Das war Deine Losung! Tückisch ersahst Du Dir den Vortheil — ein kräftiger Stoß: Du hattest Dich von einem Nebenbuhler befreit.

Adone (für sich).

Dahinaus will's? Rüttle Dich auf,. ohnmächtiger Adone! — (Pause.) Wohlan denn! Und wäre es so? Wer will es beweisen?

Ludwig.

Beweisen? Thor, der glauben kann, ich wolle einen tläglichen Rechtsstreit mit ihm ausfechten. Nicht um ein papiernes Document — hier handelt es sich um lebendigere, heiligere Güter. Denn wisse, Don Adone, wisse, daß ich Dir jenen Stoß in die Ewigkeit danke, denn er führte mich in Wahrheit in ein Gefilde der Seligen. Vom Meere ausgespieen, allein auf fremder Erde, ermattet, vom Hunger verzehrt, fand ich ein Land, das von Milch und Honig troff, von Korn und Früchten gesegnet, schillerndes Gefieder, köstliche Quellen, ein Volk von frischer, reiner Empfänglichkeit und eine Verehrung des Höchsten, so groß, so tief, daß ich mir mit der Bürgschaft meines Lebens gelobte: nie soll der Dunst qualmiger Weihrauchfässer das Licht dieser Himmelsstriche verfinstern, nie der furchtbare Brandgeruch der Inquisition ihre balsamischen Lüfte verpesten. Mit jenem Volke lebte, arbeitete, kämpfte ich, mit ihm suchte ich den Weg zu Christoph Columbus — denn überall hin verbreiteten Flüchtige, Blutende die Kunde von der schändlichen Gewalt, mit der Eure Hidalgos gegen das verrathene Volk, seine

Frauen und Jungfrauen wütheten, von der Verödung
blühender Fluren, von dem Fluch, der die Entdecker verfolgt,
die der kindliche Sinn jener Armen dereinst wie Götter
empfangen hatte — o es wendet sich mir noch das Herz
um! Columbus ahnte vielleicht die Gräuel nicht, die in
seinem Namen geschahen. Sein Geist, der rastlos neue
Welten gebar, den Winden folgte und die Sterne bewegte,
glitt wie im Traum über die Fläche der Erde mit ihrem
Jammer dahin. Er sollte sehen! Im Fieber sucht' ich
ihn und — fand ihn nicht. Aber zu einer von Don
Ovandos Caravellen, die heim nach Spanien kehrte, lenkte
ich mein Boot. Da siegte der Drang der Heimath in
mir. Sie trug mich herüber — Hier bin ich!

Abone.

Und wozu mir das Alles? Ich dächte, Du kenntest
mich. Ich bin ein gläubiger Sohn unsrer Kirche. Hüte
Dich! Unbesonnen verriethest Du mir, was Dich für immer
stürzen kann.

Ludwig.

Eine Sprache, wie ich sie von Dir erwartet. Meiner
ehrlichen Waffe begegnest Du mit Deiner vergifteten, die,
wie Du weißt, noch niemals versagte. Diesmal aber könntest
Du Dich irren. Als mein unglücklicher Vater dereinst dem
Gericht Eurer Inquisition verfiel, weil man ihn der Ver=
schwörung gegen das Leben des ruchlosen Arbues zieh, und
sein Reichthum die Staatscasse füllte, nahm Königin Isabella
mich, einen vierjährigen Knaben, der unter dem Galgen mit
thränenlosen Augen entschlummert war, in Schutz und Pflege,
und sie hat seit jener Stunde noch niemals nöthig gehabt
an meiner Dankbarkeit und meiner Frömmigkeit zu zweifeln.
Der Infant, der junge Prinz von Asturien, liebt mich
eifersüchtig, ich gelte etwas beim Volke, und von den edelsten

Eurer Jugend sind mir hunderte treu verbunden. Versuch'
es damit. Ich fürchte Dich nicht. — Und nun zur Sache.

Adone.

Was willst Du noch? Habe ich nicht genug gehört?
Unmenschlicher! Hast Du mich nicht Alles fühlen lassen,
was mich zu Boden drücken konnte?

Ludwig.

Und sollte so leer von Dir gehen? In meine Toga
gehüllt wie ein Römer in der Komödie, der mit einer groß=
mauligen Sentenz die Bühne verläßt? Du irrst. Unter
andren Verhältnissen würde ich vielleicht zu stolz sein, mir
mein Schweigen abkaufen zu lassen; aber hier liegt Alles
auf einem Brett — nimm es auch buchstäblich, Du großer
Rechner — und auf meiner Seite steht die Wahrheit —
die Wahrheit aber hat ein Recht zur Gewalt.

Adone.

Was forderst Du?

Ludwig.

Räthst Du es nicht? — Die Könige haben Dich zum
Marques de la Mota ernannt, die Statthalterschaft von
Hispaniola ist Dir so gut wie gewiß. Leiste freiwillig Ver=
zicht auf sie! Du und Deines Gleichen sollen mir dies
Paradies nicht verheeren. Isabellens große Seele ward
irregeleitet, umstrickt von dem feinverschlungenen Netzwerk,
das Eure Pfaffen woben. An das Herz jener Frau will
ich pochen, die zu dreien Malen die Indianer, die Eure
Hidalgos auf dem Markt von Barcelona als Sklaven ver=
handeln wollten, ihrer Fesseln ledig in die Heimat sandte.
Sie möge es mit andren Maßregeln versuchen — sie sende
mich! Bist Du's zufrieden?

Adone.

An dem Ruhm eines Staatsmanns liegt mir Nichts.
Auch war ich schon Willens die Königin zu ersuchen, mir
wenigstens diese Ehre zu ersparen.

Ludwig.

Eine erwünschte Einigung! — Die zweite Bedingung brauche ich Dir nicht zu nennen: Marias Hand.

Adone (auffahrend).

Bist Du von Sinnen?

Ludwig (sehr ruhig).

Weil ich sie begehre?

Adone.

Du rasest! Kein Wort weiter! Elender!

Ludwig.

Bleibe gelassen. Sie wird mein.

Adone.

Jetzt erst lässest Du die Maske fallen. Darum kamst Du! Heuchler! Verräther!

Ludwig.

Du hörst es! — Armseliger, Zwang und Drohung führten sie Dir zu und Du kannst sie begehren? Weißt Du nicht, daß alle ihre Gedanken mir gehören, daß sie der Glaube, die Hoffnung meines Lebens ist, wie sie in jener Unheilsnacht mein Stern im Getümmel der Wasser war? Maria Stella Maris!

Adone.

Unseliger, Du weißt nicht wie ich sie liebe! Laß ab! Fordre was Du willst, nur sie nicht — laß ab!

Ludwig.

Ich kann nicht, will nicht. Glaubst Du, ich wolle um meine Liebe feilschen? Entsage freiwillig! Es ist das Einzige, was Dich ganz entsühnen kann. Maria hofft auf mich, wir haben unsren Schwur erneuert.

Adone.

Hinter meinem Rücken? O des bübischen Verraths! Und Du hast die Stirn zu dem Bekenntniß? Jetzt biete ich Dich auf! Was Vertrag! Klage mich an, thu was Du willst. Ich Thor, daß ich in diese Falle ging! Der Marques de la Mota wird Statthalter von Hispaniola und Doña Maria begleitet ihn als seine Gemahlin.

Ludwig.

Ist dies Dein letztes Wort?

Adone.

Mein letztes. Und jetzt fort — aus meinen Augen!

Ludwig.

Du willst es — gut denn! Gewalt gegen Gewalt! Schon hat sich die Nachricht von meinem Kommen aus dem Quartier der Deutschen durch die Stadt gewälzt. Meine Freunde sind nahe und erwarten ihre Losung. Mache Dich auf jeden Kampf gefaßt. Ich frage Nichts nach dem, was Ihr Recht und Ehre nennt, denn Ihr habt die Gesetzestafel der Natur verfälscht, die sich mir jenseit des Oceans flammend wieder enthüllt hat. Zum zweiten Male treffen wir auf schmalem Brette zusammen — es gilt die Geliebte, das Land, die Freiheit der Völker, aber zum zweiten Male, so wahr Gott lebt, stößest Du mich nicht hinab!

Adone.

Ich werd' es erwarten.

Ludwig.

Erwarte mich, erwarte Dein Geschick! Du hast es gewollt. Wir sehen uns wieder. (Er geht.)

Dritte Scene.

Adone (allein).

Das war ein Schlag! Und so wäre Alles vorbei? Alles? Dieser Abenteurer läßt sich nicht schrecken, und was ist mein Anspruch gegen die Gewalt, die er besitzt, über ihr

Herz, über die Königin, über die Unzufriedenen und Neuerer? O eine Waffe, eine tödtliche Waffe, die dies weitveräſtete Leben für immer träfe, ohne daß es ſich aus jeder Wunde zuckend, verdoppelt neu erzeugte! Aber ſetz' ich das Meſſer an, verwunde ich dann nicht auch ſie, die dieſer Arm wollüſtig ahnungsvoll ſchon umſchlang, von deren jungfräulichen Reizen mir der Tag mit jeder gleitenden Stunde, zu langſam für die ungeduldigen Wünſche, die bergenden Schleier zog? Hölle, Hölle! du ſpielſt argliſtig mit mir. — Und trete ich zu ihr, ſchleudre ihr den Verrath ins Antlitz, zeige ihr den Mann, den Herrn? Umſonſt — und vielleicht zerſtörſt du dir voreilig ein Spiel, das dir die nächſten Augenblicke verlieren oder gewinnen müſſen. Ohnmächtiger, bekenne deine Schwäche. Als dich der erſte Schrecken verließ, kam dir die alte Sicherheit zurück, wie unſre Stimme wider den Donner kämpft, erſtarkte dir mit dem wachſenden Aufruhr der kecke Sinn und an ſeinem Muth entflammte ſich der deine. Jetzt, allein, in der Stille fühle ich, wie mir der Boden wankt, wie jedes raſche Handeln mir die Gefahr erhöht. Muß es ſein, ſo wird mir die grüblerische Rache früher oder ſpäter die Waffen zutragen, die mir die Stunde zu meinem Schutze verſagt. Vielleicht war Alles nur leere Drohung — vielleicht! Rede dir ein, dich hätte ein nächtiger Spuk berückt, wie er dich auf deinem Lager ſo oft alpgleich, würgend beſchlich. Empor das Haupt, empor! So könnte — ſo kann es ſein! Noch iſt Nichts verloren, wenn du dich ſelbſt nicht verlierſt. Muth, Muth! —

Vierte Scene.

Adone. Blanca, Maria, Mercedes kommen.

Blanca.

Wollt Ihr mir verzeihen —? aber die Zeit drängt. Der Fremde iſt fort? Es mag ein läſtiger Beſuch geweſen

sein. Ich hörte heftig reden, und Ihr habt alle Farbe von
Euren Wangen verloren.

Adone.

Es war Nichts, edle Frau; ein gleichgültiges Geschäft,
das mir allerdings besser vor der Ceremonie erspart wor=
den wäre.

Blanca.

Hier kommt die Braut.

Adone.

Wie königlich Ihr im Kranze dreinschaut, wie Ihr —

Maria.

Ihr stockt — und warum prüft Ihr mich mit den
Augen?

Adone.

Das wollt' ich Euch fragen. Ihr seht mich so seltsam
an. — Sie wußte ihn hier.

Maria (zu Mercedes).

Er war da. Wie mir das Herz schlägt!

Blanca.

Geht immer voran, Kinder. Das Gefolge ist längst
in der Rotunde versammelt. Die Stunde ist da. — Ich
erwarte den Vater noch.

Adone
(giebt Maria stumm die Hand; sie wollen nach rechts abgehen, als Juan
ihnen entgegenkommt).

Juan.

Verzeihung, edle Frau — die Hochzeitgäste können nicht
in's Haus, die Sänftenträger dringen nicht durch's Gewühl.

Blanca.

Sind der Neugierigen so viel? Hör, Kind, welche
Ehre Dir geschieht. — Wollt Ihr nicht Ordnung schaffen,
Herr Bräutigam?

Abone (gepreßt).

Ich will's versuchen.

Lorenzo (kommt).

Zurück, Herr, zeigt Euch dem Volke nicht! Doña, Doña!

Blanca.

Was ist Dir, Mann? So zittert ja kein Sünder vor dem Hochgericht.

Maria.

Beschütz' ihn, Du Gott der Gnade! Breite Deine Vaterhand über uns!

Blanca.

Gemurmel unten, laute Rufe — was bedeutet das?
(Sie redet mit Lorenzo.)

Abone.

Es wälzt sich heran, unwiderstehlich. Wie ich versuchen mag, das Bild aus meinem Hirn zu wischen — es kommt wieder, es ist Wahrheit. Ich begreife mich selbst nicht, daß ich so ruhig sein kann. Und doch — was vermöcht' ich? Er hat das Volk erregt. Das Gefühl der Ohnmacht entnervt mich.

Blanca.

Nein, sag' ich, es ist unmöglich! Tretet doch her, Don Abone, und hört, was er sagt: Ludwig Behaim **lebt**!

Abone (unsicher).

Wer sah ihn?

Lorenzo.

Ich, Herr, mit diesen meinen Augen.

Blanca.

Es ist noch nicht Alles, hört weiter: das Volk nennt Euch seinen Mörder.

Adone.

Man sagt wohl viel.

Blanca.

Man sagt —? o schändlich, daß dies Wort und — dies Antlitz Eure ganze Vertheidigung sind. Unglückliches Kind.

Maria.

Nicht doch, Mutter, höre mich an. (Sie flüstert.)

Blanca.

Was sagst Du? Weh uns! Er kommt Dich zu befreien? Wir sind verloren!

Stimmen draußen.

Heil Don Ludovico, Heil!

Ludwig (kommt).

Hier ist er schon.

Adone.

Zurück! Noch gehört sie mir!

Maria.

Versucht es mich von seinem Herzen zu reißen.

Blanca.

Keine Gewaltthat, ich gebiet' es, Adone — und Euch möge Euer Gewissen sagen, was Ihr mir und dem Frieden dieses Hauses schuldig seid.

Ludwig.

So sei es! Also erschreckt nicht, edle Frau. Mein Dasein spricht mit hundert Zungen, darum werdet Ihr mir Erzählung und Betheurung erlassen. Mir die Geliebte von Euch zu erbitten, nicht sie zu erkämpfen kam ich her. Unsre Herzen waren verbunden lang ehe sich die Lippen fanden. Dieser löschte mich aus dem Buche des Lebens — urtheilt, ob ich sie in seinen Armen lassen kann.

Maria.

Dir, Dir gehör' ich.

Blanca.

Hier darf mein Herz nicht reden, hier spricht das Gesetz. Ein heiliges Verlöbniß bindet sie, das nur die Kirche, nur die Monarchen lösen können.

Abone (erschreckend).

Die Königin? Verflucht! Sie trifft noch heute in Sevilla ein. Sie hält Gericht — Bleibt mir denn kein Mittel?

Blanca.

Wenn nicht Don Abone selbst zurücktritt.

Abone.

Höhnt Ihr mich?

Blanca.

Also kehrt heim! Beschwichtigt die wilden Rufer und tilgt diese Hoffnung für immer aus Eurem Herzen.

(Don Blasco Galvez kommt von links.)

Abone.

Ehrwürdiger Vater, edler Don Blasco — seht und hört.

Maria.

Der Ahn.

Ludwig.

Zittre nicht.

Galvez.

Wovon widerhallen Haus und Gassen? „Ein Wunder, ein Wunder" schreit das Volk. Was begiebt sich? Wo sind die Gäste, wo die Braut? Ist es wahr, daß der Sohn des Gehenkten — — er ist es! Warf Dich das Meer aus, damit Du den Flammen verfielest oder dem Galgen wie Dein Vater? Was will dieser Mann des neuen Jahrhunderts?

Adone.
Marien, edler Vater.

Galvez.
Ist es wahr — Deine Tochter?

Blanca (kleinlaut).
Es ist.

Galvez.
Bedarf es der Antwort noch? Lustig, lustig!

Ludwig.
Nicht aus Eurem Munde. Ich weiß ja, warum Ihr mich haßt. Nicht, daß ich auf den Genueser schwor, dessen große Thaten für Eure Augen Werke der Finsterniß sind, macht Euch meinen Anblick zur Marter; nicht, daß mein Vater dem heiligen Officium zum Abscheu aller guten Christen ein Opfer sank. Das hättet Ihr noch ertragen. Aber daß seine Schiffe in der Levante und der Adria kreuzten, seine Ballen bis zum kurischen Haff wanderten, sein Name in den Wechselstuben der Fugger und im Fondaco Venedigs, im Bazar zu Constantinopel und im Seidengewölbe von Tunis einen goldenen Klang hatte — das konntet Ihr nicht verschmerzen. Ueber die Liebe der Väter hinweg verfolgte ihn und mich Euer schmutziger Krämerneid!

Galvez.
Was es immer sei — ich will Euch nicht sehen! Wo ist Adone?

Adone.
An Eurer Seite, Ahn.

Galvez.
Lässest Du Dich vor Deinen Augen beschimpfen? Ist das Euer neues Zeitalter? Wo ist Dein Schwert?

Ludwig.
Wag' es, Don Adone, und ziele zum zweiten Male nach meinem Leben.

Abone
(zieht das Schwert und will ausholen. Ludwig steht unbeweglich und blickt ihn fest an).

Stimmen draußen.

Hoch Don Ludovico!

Abone
(dem das Schwert entsinkt).

Die Augen! Die glühenden Augen! Ich kann nicht.

Galvez.

Feigling! — Her zu mir, Dirne.

Blanca.

Heiland des Himmels, was bricht über uns herein.

Maria.

Hier bin ich gepflanzt, hier wurzle ich; an seiner Brust erwarte ich Leben und Tod.

Galvez
(wüthend zu Abone).

Hole Dir die Braut, wenn Du ein Spanier bist.

Ein Barkenführer
(erscheint jenseit der Brüstung).

Der Guadalquivir wimmelt von Barken, auf dem Markte drängt sich das Volk — Hoch, rufen sie, hoch Don Ludovico!

Stimmen.

Hoch Don Ludovico!

Abone.

Ihr seht, es ist ein Ueberfall, jede Gewalt unmöglich.

Der Barkenführer.

Auch die Hochzeitmusikanten müssen uns pariren. Sonst tanzt man wie sie pfeifen, heute müssen sie pfeifen wie wir tanzen.

Ludwig.

Der Stein ist in's Rollen gekommen, ich kann ihn nicht mehr halten.

Galvez (außer sich).

Laßt Wind und Wellen sich mit ihm verbünden, ich biete ihm Trotz, ich vertheidige unsre Ehre! Knecht des Genuesers, Sohn des Gerichteten, Bote des neuen Jahrhunderts — fahr' in die Verdammniß! (Er schleudert seine Krücke nach ihm.)

Blanca.

Vater!

Ludwig
(der die Krücke aufhebt, aufbrausend, dann gelassen).

Alter Mann! — Das neue Jahrhundert bedarf der Krücke nicht — hier liegt sie! (Er wirft sie dem Alten zu Füßen.)

Maria.

Ludwig! Was thust Du!

Galvez
(greift nach dem Herzen und stürzt zusammen).

Blanca.

Er sinkt zusammen.

Abone.

Sieh her, was Du gethan.

Maria

Welch' ein Anfang! Schrecklich, schrecklich!

Ludwig.

Dies Leben fordert der Himmel nicht von mir. Bleibe stark, Geliebte. Gott ist mein Zeuge: es mußte geschehen. Jetzt zur Königin, daß die Gewalt an ihrem Throne das Siegel des Rechts empfange. Fort!

Maria
(von Ludwig fortgeführt, wendet sich noch):

Mutter, Mutter!

Stimmen draußen
(sehr laut bis zum Schluß).

Heil, Heil Don Ludovico!

Abone.

Maria! Verloren!

Blanca
(mit Lorenzo und den Dienern um den alten Galvez beschäftigt).

Todt!

(Draußen setzt die Musik rauschend ein. Der Vorhang fällt.)

Dritter Act.

Geräumiger Saal im Alcazar zu Sevilla. Maurischer Stil. Im Hintergrund eine breite auf einen Corridor mündende Thür, daneben gleichfalls im Prospect eine von Säulen durchbrochene Fensteröffnung mit dem Blick ins Freie (Garten). Ganz vorn an den Seiten links und rechts Thüren. Rechts neben der Thür ein Thronhimmel, darunter ein goldener Stuhl. Schranken links und im Hintergrunde, hinter den ersteren die für die Edelleute bestimmten Sitzreihen. Die Schranken im Hintergrunde sind für das Volk bestimmt und ohne Sessel oder Bänke.

Erste Scene.

Königin Isabella kommt von sechs Pagen begleitet durch die Mittelthür. **Frau Leon.**

Isabella.

Ist der Eilende bereit?

Page.

Er wartet, königliche Frau.

Isabella.

Dann im Fluge nach Cordova. Carranza, der Leibarzt, gebe mir schriftlichen Bericht, wie der Prinz von Asturien, unser königlicher Sohn, die Nacht geschlafen. Bedarf er keiner ungewöhnlichen Schonung und hütet er das Zimmer nicht, dann wird ihm dieser Brief in geheimer Sendung übergeben. Einer Antwort bedarf es nicht. Geht. Ihr erwartet mich im Cabinet. (Der erste Page durch die Mittelthür ab, die übrigen in die Thür vorn rechts.) Ich muß ihm das Unerwartete vorsichtig entdecken, ehe das Gerücht ihm den Ruf dieser Dinge, hunderttönig, schreckhaft wie das Echo der Berge zuträgt. Den Genueser zu empfangen, ihn von seinem tiefen

Fall zu erheben kam ich her und das Meer sendet mir
diesen! Also er lebt und pocht so ungestüm an die Pforten
unsres Landes, daß das gleichmüthige Sevilla aus dem
Schlummer fährt. Ein Aufruhr! Ich sollte ihm zürnen,
und doch freue ich mich seiner Wiedergeburt, seines Kommens.
Ein Glück, daß den König die Geschäfte in Cordova zurück=
halten — er möchte so gnädig nicht mit ihm reden.

Fray Leon.

Möge Deine Liebe zu ihm Dich nicht verblenden,
königliche Herrin.

Isabella.

Bestimmen wird sie mich — verblenden nicht. Wodurch
hat dieser Jüngling Macht über die Herzen erlangt? Durch
welche Künste hat er des Infanten müde verschlossene Seele
aufgerichtet und entfaltet wie ein frischer Regenguß die
Pflanze? O ich verspreche mir von seinem Anblick neue
Heilkraft für das stille Leid meines Sohnes, das uns Alle
so bekümmert! Seine helle durchsichtige Seele kennt keine
Falten, keine Geheimnisse — man muß ihn lieben; eben
diese Liebe zeugt für ihn.

Fray Leon.

Königliche Herrin, Du bist zu sicher! Er kommt nicht
allein. Immer noch hat die Macht die Jugend verführt.
Eine Menge folgt ihm, taub von ihrem eigenen Geschrei.
Leicht könnte sie seine Sache zum Vorwand nehmen, Dich
mit Vorwürfen zu bestürmen, leicht könnte er sich zum
Herold ihrer Wünsche machen — weiche dem Andrang aus.

Isabella.

Dafür seid unbesorgt. Wären sie zehnfach in ihrem
Recht — eine einzige kleine Nachgiebigkeit, und sie schütten
mir ihr Schurzfell von Forderungen zu Füßen aus, wie
der Wilde sein Gold und seine Perlen um einen bemalten
Scherben oder eine Kinderflöte. Ich denke, das hättet Ihr

in Segovia erfahren. Wie tobten sie um Cabreras Entlassung. „Nieder mit dem Alcaden, in Trümmer sein Schloß." Ich stellte mich, den Warnungen meiner Räthe zum Trotz, der heulenden Menge auf offnem Markt, ich ganz allein, und verhieß ihnen des Verhaßten Entfernung. Da jauchzten sie „Lang lebe die Königin"! Nach acht Tagen war der Entlassene wieder an seinem Platz — und Alles ging seinen ruhigen Gang.

Fray Leon.

Diesmal ist es ärger, königliche Frau. Nicht ihr Haß, ihre Liebe, ihr Glaube ist zu bekämpfen. Sie erblicken in dem Wiedergekehrten ein Werkzeug der göttlichen Rache. „Ein Wunder" rufen sie, „ein Wunder!"

Isabella.

Und ist es das nicht? Laßt mich nicht glauben, nur das, was Euren Plänen taugt, sei Euch ein Wunder. Gottes Hand führt eine deutliche Schrift. Sie entreißt einen Verlorenen der Meerfluth und sendet ihn in zwölfter Stunde, seinem Mörder einen fast schon geborgenen Raub wieder zu entreißen — erkennt Ihr die Lapidaren nicht?

Fray Leon.

Seinem Mörder! Also fällt Ihr ein Urtheil vor der Untersuchung. So verbündet Ihr Euch dem aufrührerischen Volke, das die Spitze seiner Waffe gegen Don Adone kehrt, in dem es den Spürer der Füchse zu wittern beginnt!

Isabella.

Dahinaus wollt Ihr? Warum redet Ihr nicht deutlicher? Warum nicht würdiger? Der Spürer, die Füchse! Ich glaubte das Amt die Ketzer aufzusuchen sei mit allen Schrecken der Ewigkeit umgeben — redet nicht von ihm wie von einer Treibjagd.

Fray Leon.

Verzeihung, königliche Frau.

Isabella.

Und warum wäre die Inquisition in Gefahr? Was stempelt Euch den jungen Behaim zum Ketzer? Der Tod seines Vaters, der mit den Mördern des Peter Arbues in Saragossa, wie ich mit Grauen argwöhne, ein unschuldiges Opfer fiel? Seid außer Sorge! Ich kenne das Herz dieses Knaben — brünstiger hat keins zu Gott und den Heiligen gefleht.

Fray Leon.

Die ärgsten Lästerer und Neuerer, königliche Frau, waren in ihrer Kindheit die frömmsten Seelen. Der Herr schenkte ihnen allen Glanz, alle Wonne des Glaubens, damit die Nacht ihres Wahns um so finstrer starre, ihre Schuld um so undurchdringlicher werde, ja bis zur Unvergeblichkeit anwachse. Satan war der obersten Engel einer. (Da die Königin das Haupt schüttelt.) Seid gewiß: aus dem Schwarm, der ihm folgt, ertönten wilde ketzerische Rufe.

Isabella.

Auch das verstehe ich. Mein Volk will die Inquisition wie ich, aber zu Zeiten fühlt es den Stachel, den sie in das Herz Spaniens gebohrt, und löckt wider seinen Zwang. Glaube mir, Mann, ich selbst kenne diese Noth. Ich weiß, daß ich dem Herrn und seiner jungfräulichen Mutter zu Liebe Jammer auf Jammer gehäuft, Provinzen und Königreiche entvölkert und meinem Herzen einen immer geschäftigen Feind bereitet habe, der mich — ich fühl' es — vor der Zeit in die Grube bringen wird. Darum eben habe ich diesen dem Verderben abgerungen; ich betrachte ihn als ein Pfand der Sühnung für alles Weh, das ich, getrieben vom reinen Glauben, auf das Haupt der Menschheit geladen. Ach! Und doch ist es nur ein Tropfen Wasser, mit dem ich den Brand des jüngsten Gerichtes löschen will, und oft frage ich mich verzweifelnd, warum dieses furchtbare Amt gerade mir bestellt ward — warum? und in dieser reichen segensvollen Zeit?

Fray Leon.

Königin, Königin, welch' ein Wort! Hast Du nie gehört, daß ein Bettler, dem ein plötzlicher Glücksfall Millionen in den Schooß warf, den Verstand darüber verlor? Das ist Spaniens, das ist Europas Fall. Mit einem Schlage drängte die Zeit den Völkern ihre Reichthümer auf. Eroberung folgte auf Eroberung. Das Jahr, das mit dem Letterndruck den Gedanken beflügelte und vertausendfachte, war das Geburtsjahr des Genuesers. Auf allen Gebieten verheißen besitzlose Schwärmer eine zügellose Freiheit. Ein allgemeiner Taumel hat die Völker ergriffen. Willst Du die Wahnsinnigen sich selbst überlassen? Du hast die Pflicht sie zu unterdrücken. Der Zwang rettet Dich und sie allein.

Isabella (seufzend).

So ist es, und die Reinheit des christlichen Glaubens gilt mehr als das Weh, als der Krampf eines blutenden Frauenherzens. Auch bin ich gewiß über diese Schwäche zu siegen. Gott zur größeren Ehre lodre der heilige Holzstoß bis an's Ende aller Tage — nur diesen soll mir ein leichtsinniges Wort nicht verderben. Ich glaube an ihn, und nur sein eigener Mund könnte ihn schuldig sprechen.

Fray Leon.

Ich wage nicht Dir noch zu widerstehen. Jedes Deiner Worte beweist, daß Du eine große Herrscherin und — eine Frau bist.

Isabella.

Wo aber bleibt er? Ich glaubte, (mit leichtem Humor) der Drache der Empörung winde sich durch alle Straßen Sevillas, und mein Roß scheute kaum vor einem winzigen Schlänglein.

Fray Leon.

Wartet es ab. Noch drängt sich Alles im Quartier der Deutschen zusammen. Bald aber kommt die Stunde, da Du hier im Alcazar Beschwerden Gehör giebst, Urtheile

prüfst, das dem Recht Unentscheidbare mit einem Wort der
Weisheit lösest — kannst Du zweifeln, daß er seine Klage
vor Deinen Thron wälzen wird?

Isabella.

Es wäre ein Beweis seines guten Glaubens an eine
gerechte Sache — nein, ich zweifle nicht daran; ich erwart'
ihn. — Ihr verhehlt etwas? Es zuckte um Eure Lippen.

Fray Leon.

Verzeihung! Ich war soeben im Begriff das Schicksal
zu segnen, das Euch auf dem Throne — Euren Gatten
gesellt hat.

Isabella
(nach kurzer Pause, ihn mit den Augen messend).

Ich verstehe. Ein Priester darf nicht ritterlich sein,
und es möchte mir schwer werden, Euch für dies Wort zur
Rechenschaft zu ziehen, denn ich segne dies Schicksal in
Wahrheit täglich. Doch würde es dem Diener des Herrn,
der die Liebe ist, besser anstehen, Gott zu danken, daß er
dem Könige, meinem Gemahl, mich gesellt hat. Das Herz
wird auf dem Throne so selten gehört — laßt mich auch
ferner seine Sache führen. (Sie geht nach rechts ab.)

Zweite Scene.
Fray Leon. Dann Adone, Elvira.
Fray Leon
(der Königin nachblickend).

Du bedenkst Dich und öffnest schon die Hand, unser
heiliges Recht, das Du hütest, fahren zu lassen? Gut, daß
dieser Zufall mir Dein Innres enthüllte! Noch heute sende
ich dem Borgia meine Boten. In der apostolischen Dataria
ist Ebbe und Papst Alexander wird nicht säumen, Dich seine
Ungnade fühlen zu lassen. Eure Gewalt, ihr Könige, adelt
die List, den Betrug, und jede Waffe euch zu bekämpfen
dünkt uns geheiligt. (An der Thüre links wird geklopft.) Wer pocht?

Abone.

Oeffnet — um Gotteswillen.

Fray Leon (öffnet).

Abone! Wie bleich und verstört. Was wollt Ihr? Noch ist nicht die Stunde.

Abone.

Gönnt mir hier einen Augenblick der Ruhe. Durch alle schmutzigen Seitengassen schlich ich; an der Straße Vibero erkannten mich die Toreros — sie zerrissen mir den Mantel, kaum, daß ich ihren Fäusten entging. Aber das ist nicht das Aergste — da drinnen, das Gezischel der Hidalgos, die auf den Beginn der Sitzung warten, ihr höhnisches Mitleid, ihre tückischen Rufe zur Rache — o eine ganze Hölle kostete ich in diesen Minuten aus.

Fray Leon.

Vergeßt das! Euer Plan?

Abone.

Soll gelingen — so hoff' ich. Den jungen Neri beschied ich, wie Euer Schreiben mir gebot, zu mir, ohne Aufsehen, denn ich hatte einen Vertrag mit ihm ins Reine zu bringen. Ich bat ihn, günstigere Zeit abzuwarten, bis ich zur Erledigung der Geschäfte gefaßter worden. Er ist der Standhafteste nicht, und da ich ihm seine Ketzerei in's Gesicht zusagte, erschrak er und ward todtenbleich. Leicht wußt' ich ihm nun unter dem Schein der Freundschaft das verschmte Kreuz des Savonarola abzuschwatzen, das ich sicher zu hüten versprach, bis er den Nachstellungen der Inquisition, die ihre Spione auf seine Fersen gehetzt, entgangen. Ob ihm schon ein Mißtrauen zu kommen schien, sagte er in der Verwirrung doch zu Allem Ja und ging mit Worten des Dankes. Er wendet sich, wie ich zu verstehen glaubte, nach Cadiz.

Fray Leon.

Mag er entkommen! Er ist ein ungefährlicher weich=
müthiger Schwärmer. Tauschen wir für ihn doch ein köst=
licheres Opfer ein! Weiter.

Abone.

Marien schickte ich in's Quartier der Deutschen einen
Brief, zerknirscht und demüthig bittend. Mit dem Kreuze
aber begab sich die schlaueste Unterhändlerin des heiligen
Officiums zu ihr: Doña Elvira. Ich baue auf Marias
gläubigen Sinn, ihre Erschütterung, ihre Sorge, und des
verschlagenen Weibes listige Beredsamkeit. Gelingt es, dann
schmückt sie ihren Geliebten selbst mit dem verrätherischen
Zeichen, das nach ihrer Meinung heiliges Wasser von Toro
geweiht, ein untrügliches Amulet gegen die Gefahren der
Ketzerei, die sich um seine Sohlen zusammenballen.

Fray Leon.

Gewagt und gefährlich immerhin. Wird er das Kreuz
nicht erkennen?

Abone.

Ich zweifle, daß er es jemals sah. Als er Spanien
verließ, war der Florentiner Mönch noch unter den Lebenden.
Was aber wäre zu gewagt in diesem verzweiflungsvollen
Spiel?

Fray Leon.

Ihr solltet Eure eigne Sache nicht so bald verloren
geben. Macht ihn und seine Anklage zu Schanden, zeigt
ihm, der Königin und der Welt eine kecke Stirn. Als
letzter Anker bliebe das Kreuz uns immer noch.

Abone.

Ich vermag es nicht.

Fray Leon.

Armseliger! Kostet Euch ein falsches Wort so viel —
in solcher Sache?

Adone.

Nicht das! Aber ich kann meine Mienen nicht wider mein Inneres regeln.

Fray Leon.

Wie schwach, wie klein! Und weiter! Was gewinnen wir, wenn er das Kreuz verleugnet, wenn er den plumpen Betrug entlarvt? Wird die Königin ihm nicht jedes Wort, auch jede Lüge glauben? Unmöglich! Es kann nicht gelingen!

Adone.

Nicht wider uns — wider ihn doch, wenn ich ihn anders kenne. Den letzten tödtlichen Streich muß er sich selbst zufügen — das soll der Triumph meiner Rache sein. Und mißlingt es — ist Euer Arsenal so arm? So oder so, wir müssen ihn zu Falle bringen. Es ist nicht das erste Mal, daß Ihr selbst auf den Schein des Rechts Verzicht geleistet, und gegen den Mord wäre selbst die Königin machtlos. (Draußen allmählich anwachsender Tumult.)

Fray Leon.

Schweigt! Das Getümmel kommt näher. Sie sind es. Verbergt Euch.

Elvira
(erscheint an der Thüre links).

Don Adone — hochwürdiger Herr!

Fray Leon.

Zurück, ehe man unser Einverständniß gewahrt. — Gelang es?

Elvira.

Wenigstens ich habe erreicht, was ich — was Ihr wolltet.

Die Menge draußen.

Hoch Don Ludovico! Nieder mit Adone! Nieder!

Frau Leon.

Zurück, Adone!

Elvira.

Kommt, warum zaudert Ihr?

Adone (deutet auf die Thür).

Dort hinein? Zum zweiten Mal in diese Hölle?

Elvira.

Ei Possen! Es ist nur das Fegefeuer, die Bedingung der ewigen Seligkeit, die Euch in Marias Armen erwartet. (Sie gehen nach links ab.)

Frau Leon.

Fort, sage ich! Fort! — Ich will das Meine thun, die Königin zu bereiten. (Ab nach rechts.)

Dritte Scene.

Die Thür im Hintergrunde wird tumultarisch aufgerissen. **Ludwig. Maria.** Die Menge will nachdrängen.

Die Menge.

Hoch Don Ludovico! Nieder mit Adone! Rache, Rache!

Ludwig.

Ruhig, gelassen, meine Freunde. Wenn Ihr mich liebt —

Die Menge.

Ja, das thun wir.

Ludwig.

Wenn Ihr die Königin ehrt —

Die Menge (weniger laut).

Wir ehren sie.

Ludwig.

So geht, bis Euch die Stunde schlägt. Wozu erzwingen, was Euch Eure königliche Herrin in wenigen Minuten aus freier Gnade gewähren wird?

Einer.

Er hat Recht. Geduldet Euch. Kommt aber die Zeit, dann schont Eure Lunge nicht. O wir wissen etwas durchzusetzen. Hoch, Don Ludovico hoch!

Ludwig.

Rufet: Hoch die Königin!

Die Menge.

Hoch die Königin, hoch!
(Sie ziehen sich zurück. Die Thür schließt sich.)

Maria.

Wie mich das wüste Treiben ängstigt. O Geliebter, was hat die sinnlose Menge, die jeder Windhauch lenkt, mit Deiner Sache, mit unsrer Liebe gemein? Warum heftet sie sich wüthenden Hunden gleich an unsre Fersen?

Ludwig.

Lächle über sie, dann wird sie Dich nicht mehr schrecken. Oder besser: Freue Dich, sie auf der Seite der Gerechtigkeit zu erblicken. Sie steht so selten dort.

Maria.

Könnte ich lächeln! Aber ihr rohes Geschrei verwundet mich. Sie fluchen Adone, sie fluchen den Priestern unsrer heiligen Kirche —

Ludwig.

Dem Verrath fluchen sie, der Dich und mich verderben wollte.

Maria.

Nicht doch, nicht doch! Ich hörte unselige Worte, die Gott und den Himmel bedräuen. Sie haschen nach Dir, ihre Schande möchten sie mit dem Schild Deiner Ehre bedecken — Ludwig, Ludwig, laß Deinen Glauben nicht wanken.

Ludwig.

Beruhige Dich, geliebtes Herz.

Maria.

Mit Schrecken hat mein Glück begonnen. Aus der Stille der Kammer auf den offenen Markt gezerrt befällt meine Liebe die Scham. Halte mich, daß ich nicht wanke. Das mütterliche Haus zeigte der Flüchtenden ein furchtbares Todtenantlitz, Fluchworte schallten mir nach und gellen mir noch im Ohr. Gieb mir das Leben, gieb mir den Glauben zurück. Sinne Nichts wider die Kirche.

Ludwig.

Nichts, Geliebte.

Maria.

Glaubst Du an Gott und seine Heiligen?

Ludwig.

Ich glaube an sie.

Maria.

So weiche meiner Sorge, meiner Bitte nicht aus. Das geweihte Zeichen nimm — verweig're es mir nicht lieblos zum zweiten Male.

Ludwig.

Wenn Du nur hören wolltest —

Maria.

Kannst Du es mir wehren? Geweihtes Wasser von Toro hat es benetzt! Dein geliebtes Haupt vor jeglicher Gefahr sicher zu wissen, sei es Dir um den Hals geschlungen. Denke, es sei eine Liebeskette — um meiner Liebe willen trag' es.

Ludwig.

Braucht es dieser Kette mich stärker an Dich zu fesseln?

Maria.

Es braucht ihrer.

Ludwig.

Dann gieb.

Maria.

Doch mußt Du dran glauben.

Ludwig.

Ich glaube an das Heil dieses Kreuzes.

Maria.

Wie ich?

Ludwig.

Wie — (Er stockt und sagt dann fest und entschlossen:) Wie Du.

Maria.

Jetzt bin ich ruhig. Habe Dank, Dank, mein Geliebter. Nun trage mich wohin Du willst — kein Zweifel soll mich quälen, keine Noth mich schrecken — Dein bin ich in Zeit und Ewigkeit!

Ludwig.

Die Königin!

Vierte Scene.

Das Cabinet rechts öffnet sich. Isabella, im königlichen Schmuck, Fray Leon, die Pagen, zwei Secretäre, zwei Herolde und Gefolge. Die Königin nimmt unter dem Baldachin Platz.

Isabella.

Stoßt die Pforten auf! Eintritt den Edlen, Eintritt allem Volk!

(Die Herolde öffnen zuerst die Thüre links, dann die Mittelthür. Aus der ersteren treten die Cavaliere, darunter Florez, Bernaldez, auch einige Damen, darunter Elvira, die unmittelbar an der Thür Platz nimmt; sie setzen sich nach einer Verneigung vor der Königin auf die Sessel hinter den Schranken links. Durch die Mittelthür drängt das Volk, von den Herolden mit Mühe hinter die Schranken im Hintergrund verwiesen.)

Volk.

Königin Isabella, hör' uns — Rache dem Mörder — Heil Don Ludovico — Heil!

Isabella.

Gute Bürger, Geduld! Soll ich Eure Beschwerden hören, so tragt sie mir in Ruhe vor. Oder errieth ich

ihren Grund? Dort glänzen zwei helle Augen, die ich für
immer geschlossen glaubte, ein bleiches Haupt ruht angstvoll
in der Haft liebender Arme — Ludwig, Ludwig, was hast
Du gethan?

Ludwig
(mit Maria vor dem Thron knieend).

Königliche Mutter —

Isabella.

Steh auf! — Wie ein Empörer kommst Du, und in
dieser friedlichen Stadt, die von Mandolinen schwirrt wie
die junge Saat von Lerchen, rührst Du die Glocken des
Aufruhrs und weckst die entschlafene Hermandad? Ist er
es, Ihr Bürger, dem Euer Schutzruf gilt?

Das Volk.

Er ist es.

Isabella.

Dann schützt Ihr meinen Freund, und dafür dankt
Euch die Königin. Und Du, Wiedererstandener, Deine
Schuld kann Dich nicht zu Boden drücken, da Schultern sie
tragen wie diese, auf denen die Ordnung, die Sicherheit
der Stadt seit den ersten Tagen meiner Herrschaft fest und
unbeweglich geruht hat. (Gemurmel des Beifalls.) Durch wen
wardst Du verletzt? wer klagt wider Dich?

Adone (tritt vor).

Isabella.

Ihr, Don Adone? Kenne ich Euren Streit? Ihr
saht diesen Mann in den Wellen des Oceans verschwinden —
nun kommt der Todte und klagt Euch als seinen Mörder
an. Ist es nicht so? Wo schöpfe ich die Wahrheit? Hier
steht Wort gegen Wort. Ihr seid tödtlich verklagt. Was
entgegnet Ihr?

Adone.

Nichts, königliche Frau, denn wie ich sehe, habt Ihr
bereits entschieden.

Isabella (starrt).

Ihr irrtet — jetzt aber hab' ich's. Flammt Euch der Zorn nicht auf Stirn und Wange? Mit so mattem Wort wehrt Ihr einer so furchtbaren Beschuldigung? führt einen Strohhalm gegen das Gewicht einer Keule? Beim Himmel, noch durfte, noch mußte ich zweifeln — jetzt aber habt Ihr mir die Augen geöffnet. Dankt Gott, daß ich mit keinem Rechtsspruch ende, der Euch wie einen Verbrecher verdammt; nur daß die Ernte dieser That Euer bleibe, erwartet nicht. Ihr werdet nicht nach Hispaniola gehen.

Adone.

Ich war auf diese Entscheidung gefaßt.

Isabella.

Auch darauf, daß ich diese Hand, die Ihr schon für immer zu halten glaubtet, der Euren entziehe?

Adone (gepreßt).

Auch darauf.

Isabella.

Oder wie, Doña Maria, besteht Ihr auf dem Recht dieses Bundes?

Maria.

Schützt mich vor ihm, königliche Frau!

Fray Leon.

Ich muß Euch warnen, Herrin. Die Christenheit ehrt Euch und Euren königlichen Gemahl mit dem Namen der katholischen Majestäten. Achtet Ihr so die Ansprüche, die sich die Kirche mit einem feierlich geschlossenen Verlöbniß auf den Bund dieses Paares erworben? Könnt Ihr, die edelste Tochter Spaniens, nach dem goldenen Schild dieses Landes stechen, der die Ehre heißt?

Isabella.

Recht? Ehre? Hier ist mehr als beides. Ich würde ein Verbrechen begünstigen, ja mehr noch, ich würde selbst zur Verbrecherin werden, wenn ich die papierenen Götzen über das Herz siegen ließe, das mich nie sichrer geleitet als in dieser Stunde. Fray Leon, drüben in der Kirche Maria Stella Maris flammen die Altarkerzen, die Rosen, der Weihrauch verstreuen ihre Düfte umsonst, auf den Lippen der Sänger schweigt das Lied — Kommt, laßt es aufjubeln, danken wir dem Meeresstern, der heiligen Jungfrau, die dies Wunder gewirkt — Kommt und segnet dies Bündniß.

Fray Leon.

Ich muß mich weigern, königliche Herrin. Ich stehe im Dienst des heiligen Officiums. Dem großen Deza bin ich unterworfen, der in Saragossa wider den störrigen Sinn der Arragonesen kämpft. Ich vermag Nichts ohne ihn.

Isabella.

Doch noch einen Priester wird Sevilla beherbergen, der seiner Königin gehorsamt.

Adone.

Auch dann, wenn er hört, daß er den göttlichen Segen auf das Haupt eines Ketzers herabfleht? (Bewegung.)

Isabella.

Ist es das? Ja, ja, das stand noch aus. Und wiederum Wort gegen Wort. Oder ist einer unter uns, der wider ihn zeugt?

Florez (leise).

Warum schweigt denn Adone?

Isabella.

Dann lege ich die Entscheidung zum zweiten Male auf Deine Lippen. Ludwig Behaim, folgst Du mir gläubigen Herzens wie ein guter Sohn unsrer Kirche?

Ludwig
(im Kampfe mit sich).

Laß dich nicht irren — jetzt nicht! Ein einziges Ja und Alles ist gut.

Isabella.

Du hörst mich, Ludwig? Ehrst Du das heilige Bekenntniß wie wir? Trittst Du reinen Herzens, von ketzerischem Greuel unbefleckt, zum Altar?

Maria.

Ludwig!

Ludwig (entschlossen).

Ja!

Isabella.

Ihr hört es.

Adone.

Das schlägt meine Hoffnungen. Ich verzweifle am Ausgang.

Fray Leon.

Rafft Euch auf, jetzt gilt es.

Isabella.

So kommt, Ihr Kinder! Und verschanzen sich die Diener der Kirche hinter ihrem Canon, so gedenke ich des Rechtes der katholischen Könige, in höchster Noth selbst zu lösen und zu binden, zu segnen und loszusprechen. (Sie tritt von den Stufen und nimmt Ludwig und Maria zur Rechten und Linken an ihre Hand.) Maria Stella Maris, nimm uns gnädig auf. Du hast ihn errettet, Dir bringt er sich dar. Folgt mir!
(Sie schreitet mit den Beiden zur Mittelthür.)

Das Volk.

Heil, Königin Isabella, Heil!

Flores (zu Fray Leon).

Begebt Euch auf Reisen, hochwürdiger Herr!

Adone
(der Königin entschlossen den Weg vertretend).

Halt! Ein Wort noch, dann thut was Ihr wollt. Rom verbrannte den furchtbarsten aller Ketzer, den Mönch Girolamo Savonarola, aber heimlich tragen geschäftige Jünger die giftige Saat seiner Lehren durch Europa. Ein goldenes Kreuz mit des Verruchten Asche ist ihr Wahrzeichen. So bergen sie im Pfand der höchsten Huld die Verwesung, so gehen sie selbst einher wie die Wahrheit und das Leben, im lichten Gewande die Lüge tragend, den Tod und die Finsterniß.

Isabella.
Was bedeutet —?

Adone.
Ihr bangt? Euch schaudert? Nun denn, dieser Entsetzlichen einer ist mitten unter uns. Ludwig Behaim, Du Wahrhaftiger, auf Deiner Brust gleißt das höllische Zeichen, Du hast uns belogen! Königin, Ihr Richter des Officiums, thut Eure Pflicht!

Die Menge.
Was sagt er? Glaubt ihm nicht!

Die Edlen.
Ludwig Behaim — rede, reinige Dich!

Isabella.
Er? Unmöglich!

Ludwig
(das Kreuz aus dem Busen ziehend).

Das Kreuz? Dies Kreuz? Maria!

Maria.
Heiland des Himmels! (Doña Elvira verläßt den Saal.)

(Fast gleichzeitig.)

Maria.
Betrug! Betrug ohne Gleichen! Höre mich, Königin, hört mich, Ihr Edlen, höre mich, Volk. Dies Kreuz — o

bübisches Gaukelspiel! — ich selber schlang es um seinen Hals.

Isabella.

Du selbst?

Die Menge.

Sie selbst? Was sagt sie?

Maria.

Mit einem gnadenreichen Talisman dacht' ich sein Leben zu schützen — Doña Elvira gab es mir.

Isabella.

Doña Elvira, steht uns Rede!

Einige aus dem Volke.

Doña Elvira!

Maria.

Sie ging! Sie floh vor ihrer eigenen Schande. Also keine Betrogene, eine Betrügerin war sie, ausgesandt mir den Geliebten zu verderben. Oder nein — ein Werkzeug nur, ein Werkzeug in eines Teufels Hand.

Ludwig.

Dies Kreuz?

Maria.

Und dieser Teufel trägt Eure Züge, Don Adone! Ja Euch, Euch klage ich an! Ihr seid es, der ihn verderben will, Ihr wirktet dies Bubenstück — seht mir in's Auge!

Adone.

Ihr seid von Sinnen —

Maria.

Seht mir in's Auge — Ihr könnt nicht! Um so heller bescheint der Tag Eure Schande! Ihr bestacht jenes Weib, mir mit heuchlerischen Worten die Sorge für dies theure Leben zu wecken. Königin Isabella, Gericht, Gericht diesem Mörder und seinen Spießgesellen! — Geliebter, o Geliebter!

Isabella (auf den Thronstufen).

Gott, Gott, wo ist Wahrheit? Sie machen dein Kreuz zum Meuterdolch und deine Hostie zum Angelköder.

Maria.

Königliche Mutter, ich weiß, Ihr glaubt mir —

Ludwig (für sich).

Dies Kreuz? Ich meinte einen Tand zu tragen, einen Götzen des frommen Wahns. Nun begiebt sich ein Wunder: der Stein verwandelt sich in Brod, das Wasser in Wein. Theures Kleinod, ja, ich erkenne dich! Im flammenden Herzen trägst du das Wort: Viva in nostro core Cristo! Dein Gruß, Savonarola, dein Weckruf. Sei mir gesegnet.

Die Menge.

Was macht er?

Florez (laut).

Er küßt es.

Adone.

Seht Ihr? Saht Ihr's?

Isabella.

Ihr hört, was sie sprach, Don Adone. Redet! Vertheidigt Euch!

Adone (trotzig).

Ich will nicht. Diesen fragt, warum er verstummt.

Isabella.

Sprich Du, Ludwig.

Maria.

Du zauderst? Ich fass' es nicht.

Ludwig.

Jetzt könnte mich die Wahrheit retten — und doch,

hier mahnt mich ein unbestechlicher Richter: wäre diese Wahrheit nicht die jämmerlichste aller Lügen? O pfui, pfui der Doppelzüngigkeit!

Maria.

Ein Wort, Unbegreiflicher, ein einziges Wort! Besinne Dich. War es nicht hier, wo ich Dir bittend, schmeichelnd das Band um den Nacken schlang?

Adone.

Nicht darnach fragt. Was ihm dies Zeichen bedeutet, deß stehe er Rede!

Ludwig (immer für sich).

Ein guter Schuß, Adone!

Adone.

Schweigst Du noch immer? Prahltest Du groß, als nichts auf dem Spiele stand, und verstummst Du feige, jetzt, da die Würfel um Leben und Tod rollen? Bist Du nur mit der Zunge ein Held? Führst Du die Waffen der Gaukler, deren Stahl sich lügnerisch im Schwertgriff vertrieht? Zeige, daß Du ein Mann bist. Aus den Augen unserer großen Monarchin blicken zwei Welten auf Dich. Jetzt gilt es, bekenne, Du Ritter der Wahrheit.

Ludwig.

Er hat Recht! Jetzt gilt es, bekenne! (Auf das Kreuz blickend.) Immer heller gleißest Du, immer schärfer brennt Deine Gluth in mein Gewissen. Viva in nostro core Cristo! Schon einmal schlug ich dich an's Kreuz. Verzeihe mir, du Reiner.

Maria.

Um Jesu willen, das wird bedrohlich. Rede, Ludwig.

Isabella.

Rede!

Alle.

Rede!

Ludwig.

Ich will's.

Maria.

Sprach ich die Wahrheit?

Ludwig.

Ja. (Freudige Bewegung.) Und dennoch — Maria, königliche Mutter — ich betrog Euch.

Maria.

Unmöglich! Ludwig, Ludwig!

Isabella.

Ein neues Wirrsal?

Adone.

Triumph!

Volk.

Was sagt er? Verrath!

Ludwig.

Dies Kreuz hat ein Trug in meine Hand gespielt. Er wollte Böses wirken und wirkte Gutes, denn er giebt mich mir selbst und dem Heil zurück. Dies dein Zeichen, du Großer, mahnt mich an den Meister, der dir im innersten Herzen lebte, den dein Mund mit Zungen der Engel verkündete, daß durch den Vatican ein Brausen ging und der Lügengeist auf seinem Thron erbebte. Einer entarteten Klerisei rissest du die Larve vom Antlitz und dem ruchlosen Borgia, der die Tiara zum Würfelbecher machte und Sanct Peters heiligen Stuhl zum Lotterbett für seine Dirnen, begegnetest du Milder mit richtendem Freimuth wie Keiner zuvor. Du riefest: und eine heiße Sehnsucht zu büßen und zu leiden ergriff alles Volk, zum Erstaunen des kalten Macchiavell floß unrechtmäßig Gut zu seinem Quell zurück,

Todfeinde hielten sich umschlungen, und eine wunderbare Liebe des irdischen und des ewigen Vaterlandes durchglühte alle Gemüther. Ich habe dir zu Füßen gesessen und meine Seele rein gebadet in dem feurigen Strom deiner Rede. Und ich sollte dich verleugnen? Hört es Alle: Papst Alexander hat einen Heiligen getödtet. Ich betrog Euch, ich bin ein Ketzer, denn — ich bekenne dich, du großer Prophet!

Maria (aufschreiend).

Ah!! Betrogen!

Isabella.

Unseliger!

Adone.

Ihr hört es!

Fray Leon.

Triumph!

Die Edlen und das Volk.

Ein Verräther! ein Ketzer! Wehe! Wehe!

Ludwig.

Maria!

Maria.

Rühr' mich nicht an! Eine Lüge! Mit meiner Liebe so schändlich zu spielen! Eine Lüge!

Ludwig.

Höre mich, Geliebte.

Maria.

Was kannst Du sagen, ohne Dich noch ärger zu verstricken? Eine Lüge, in solcher Stunde! Ich habe Dir wie dem Himmel vertraut — Das war Unrecht! Und so zu büßen! (Sie bedeckt ihr Gesicht mit den Händen und schluchzt.)

Ludwig.

Auf einem Worthauch schwebte mir das Glück meines

Lebens, vielleicht das Heil von Millionen armer Geknechteter. Um meiner Wünsche, meiner Ziele willen hielt ich diesen Betrug für eine fromme Schuld, die der Himmel nicht achtet! Nun sehe ich, wie sich mein Blut gegen die verschlagene Staatskunst empört. Nur mit freiem Antlitz darf ich kämpfen — die Politik Macchiabells und König Ferdinands ist die meine nicht.

Isabella.

Verwegener! Schmähst Du den König, meinen Gemahl?

Die Edlen
(den Degen ziehend).

Für den König!

Isabella.

Ich dank' Euch.

Ludwig.

Verzeihung, königliche Mutter! Aber beim großen Gott, jetzt mußt Du mich hören. Kenne mich ganz — dann verdamme oder sprich mich frei. Die Asche dieses Gerechten erbebt unter meinen Händen, ein Funke seines Geistes zuckt aus ihr hervor und entflammt mir das Innerste. Merket auf ihr Völker, höret Wahrheit, ihr Könige!

Florez und Edle.

Er lästert! Gebietet ihm Schweigen.

Adone.

Nicht doch! Er rede, er rede!

Isabella.

Er rede!

Ludwig.

Königin Isabella, was thatest Du mit Deinem großen

weiblichen Herzen, Deinem kühnen männlichen Geist? Den Westen der Erde hast Du uns erschlossen, über das Land, das der räuberischen Gewalt tausend Schlupfwinkel bot, spanntest Du das eiserne Netz der Hermandad, aus dessen Maschen für den Verbrecher kein Entrinnen war; der Gerechtigkeit gabst Du die Wage zurück und die heilige Binde und setztest Dich selbst, mütterlich besorgt, auf ihren goldenen Stuhl. Das war groß! Aber von der Schaubühne der Inquisition starrt dräuend ein schwarzer verkohlter Riesenfinger zum Himmel und verklagt Dich bei dem Gott der Liebe: Weib, woher ward Dir das Recht die Gewissen zu pressen? warum verschüttest Du das Salz der Erde? welcher Dämon verwirrte Dir den milden gerechten Sinn?

Isabella.

Entsetzlicher, schweig! Dies Wort nicht! Du solltest der Letzte kommen, mich anzuklagen! O Undank, Undank!

Fray Leon.

Blick hin, Königin! Das ist der Segen des Herzens auf dem Throne.

Isabella.

O schändlich, schändlich!

Ludwig.

Was wiegt mein Leben gegen die Tausende, die Dein Wahnsinn hingeopfert? O unerhörter Greuel! Die besten Deiner Bürger der blöden Mordgier preiszugeben, die erleuchtetsten Geister dem finstren Rachen des großen Thieres der Offenbarung, das vor der Zeit in diese blühende Welt gedrungen, die Erstlinge des Frühlings zu verschlingen, der auf Meer und Land seine Keime, seine Farben verstreut, verschwenderisch, blendend, daß die Herzen lachten und die Gärtner der Ernte selig entgegenjauchzten.

Volk und Edle.
Ein Ketzer! Gericht, Gericht!

Fray Leon.
Anathema, Anathema!

Adone.
Triumph!

Ludwig.
Und der neuen Welt wähnst Du das Heil zu bringen? Dies Heil? Verblendete, zieht hinaus über das Meer. Seht die Religion bei jenen Völkern, für die Ihr Eure mitleidigen Gebete plärrt, ein Kind, ihre reinen süßen Opfer entzünden und schaut dann der gelben Mumie Eurer Pfaffen ins Antlitz. Ihr junges Leben tödtet Ihr, einen mißgestalten, verschrumpften, schielenden Götzen setzt Ihr an die Stelle des Unsichtbaren, Alleinen, Allgegenwärtigen, den der Messias gepredigt. So hast Du die Erde beglücken wollen, Königin Isabella, und mit all Deinem Glauben, all Deiner Milde, all Deiner Liebe hast Du sie elend gemacht. Thue Buße, Du große Sünderin!

Die Edlen.
Für die Königin!

Alle Uebrigen.
Zum Holzstoß! Zum Holzstoß!

Isabella.
Fort! hinweg! Zurück, Ihr! Keine Gewalt! Fray Leon, an Euer Amt!

Ludwig.
Königliche Mutter — Maria —

Maria.
Belogen von Dir! Zurück!

Ludwig.

Kein Wort, kein Blick der Liebe?

Isabella.

Fort aus seiner Nähe, Kind!
(Die Königin mit ihrem Gefolge geht, Maria mit sich führend, eilig nach rechts ab. Die Frauen verlassen den Saal.)

Ludwig.

Hahaha! Nun denn, jetzt gehöre ich Euch! Eure Priester siegen, Du siegst, großer Adone!

Adone (triumphirend).

Ich siege! Ja! O Wonne der Rache!

Fray Leon.

Der Du die heilige Kirche gelästert, Gott und seine Heiligen —

Ludwig.

Keinen Pfaffensermon, Mann! Mir möchte die Geduld fehlen ihn anzuhören. Gott hätte ich gelästert und die Kirche? Nicht doch, Du Feiner. Nennst Du aber Gottes Kirche Dich und Dein Gelichter — ja denn, Euch hasse, Euch verachte ich. Sinke sie zusammen und komme der rechte Meister, aus ihren Trümmern neu das Haus zu erbauen: ein Haus der Freiheit, der Duldung, der Liebe, ein Haus, darin angebetet wird im Geist und in der Wahrheit!

Volk.

Zum Holzstoß!

Adone.

Führ' es nur zu Ende. Schon glüht der Boden unter Deinen Füßen.

Ludwig
(das Kreuz ergreifend).

Und Du, Vollendeter, dessen Wahrheitskelch die Lüge sich zum bittren Gericht geleert — wirke Du weiter in

Ewigkeit. Ich höre Dich, ich glaube Dich zu verstehen. Zum Anathema hätteſt Du dies goldene Kreuz geworfen, das Deine Aſche birgt, zum Tand der Welt, dem Du auf dem Markt von Florenz unter Trompetenſtößen zum Reigen der Kinder die rieſigen Scheite gerüſtet. Auch Du biſt Abgötterei! Fahre denn hin! Einmal noch laß mich Dich küſſen. Ade! — (Er öffnet die Kapſel.) — In die Lüfte, heilige Aſche!

Die Menge.

Weh uns! Rettet Euch, rettet Euch!

Ludwig.

Sei du Saat der Zukunft! Tragt ſie weiter, ihr Winde! Blühe tauſendfältig, zehntauſendfältig trage Frucht. Und nun — öffnet Eure Kerker. Ich gehöre Euch! Mein Leben iſt verfallen.

Fray Leon.

Führt ihn fort!

Die Menge.

Fluch dem Ketzer! Fluch!

Adone.

Zum zweiten Male auf demſelben Brett. Du ſtürzeſt zum zweiten Male!

Ludwig.

Und was gewinnſt Du? O Du Teufel! Du ſollſt mich nicht weinen ſehen um meine verlorene Liebe, um meine zerſchlagenen Hoffnungen. Triumphire nur, aber wiſſe — wiſſet Ihr Alle: Begrabt die Freiheit in den Wellen — ſie kehrt wieder; vertilgt ſie mit Feuer — ſie ſchwingt ſich wie jener Wundervogel aus der verglimmenden Aſche zur Sonne empor.

Adone.

Ich siege.

Die Menge.

Zum Holzstoß den Ketzer! zum Holzstoß!

(Ludwig wird unter dem wilden Geschrei der Menge abgeführt. Der Vorhang fällt rasch.)

~~~~~~~

Vierter Act.

Scenerie wie im ersten und zweiten Act. Trübe Kerzenbeleuchtung. Es ist Abend. Der Vorhang der Loggia ist geschlossen, die Säulen und die Brüstung sind mit Flor umhüllt. Aus dem Saal (links) hört man von Zeit zu Zeit das Miserere der am Sarge des alten Galvez betenden Mönche.

Erste Scene.

Blanca und **Mercedes.**

Blanca.

Wo ist meine Tochter?

Mercedes.

Auf ihrem Zimmer.

Blanca.

Fand sie noch immer keinen Schlaf?

Mercedes.

Noch immer nicht. Sie ist voll Unruhe und redet mit sich selbst. Mich schien sie kaum zu bemerken. Wenn Ihr sie sähet — mir zerriß es das Herz.

Blanca.

War ich zu hart mit ihr, als sie im Geleit der königlichen Reiter zurückkehrte? Dein Schweigen sagt Ja. Aber dieser Schimpf, der tödtliche Schimpf! Ich müßte keine Spanierin sein, wenn mich ein solcher Anlaß nicht aus den Fugen brächte. Und auch Du warst im Einverständniß.

Mercedes.

Sollte ich Doña Maria verrathen?

Blanca.

Sie hätte Dich nicht zur Mitschuldigen gemacht, wenn sie mir vertraut hätte. Das ist es, was mich kränkt. Warum kommt sie wenigstens jetzt nicht mir ihr Leid zu klagen? Der einsame, stumme, thränenlose Schmerz gebiert die Verzweiflung, den Wahnsinn. Der Mann mag in ihm erstarken — dem Weibe ward das mittheilsame Herz und die Thräne. Warum meidet sie ihre Mutter?

Mercedes.

Edle Frau, sie weiß nicht, wie sich Euer Herz zur Güte gewandt.

Blanca.

So bitte sie zu mir zu kommen. Mir haben diese Schrecknisse alle Kraft geraubt und ich bedarf der Ruhe. Soll ich sie finden, muß ich wenigstens dieser neuen Sorge ledig sein. (Mercedes geht.)

Welch' ein Tag! Wie hat sich Alles verwandelt! Todten=kerzen statt der Hochzeitsfackeln, Immortellen statt der Rosen. Die Mönche beten und singen am Sarge des Vaters. Das Miserere — welch' ein Brautlied! Und selbst der Himmel breitet sein Bahrtuch über das erstorbene Haus, als gält' es einen Katafalk zu bedecken.

Zweite Scene.

Maria kommt. Blanca.

Blanca.

Kommst Du endlich, meine Tochter? Du hast Dich mir lange entzogen.

Maria.

Und Du konntest nach mir verlangen, nach all dem Jammer, den ich Dir bereitet? Wie gut, wie mütterlich!

Blanca.

Du warst allein, Kind, ohne Rath und Hülfe, ohne Deine Heiligen. Verlangtest Du nach keinem Trost?

Maria.

Doch, Mutter, doch. Aber ich mußte die Krankheit kennen, ehe ich zur Arznei griff. Es ist mir in diesen Stunden so viel durch den Kopf geras't, daß mir die Schläfen brennen. Komm, laß mich hier zu Deinen Füßen sitzen. So! Nun lege die Hand auf mein Haupt. Ah! Das lindert, das heilt! Willst Du mich aber auch anhören, Mutter?

Blanca.

Was quält Dich? Vertraue mir Alles!

Maria.

Sage mir, Mutter, — aber Du darfst nicht zürnen —, sage mir, hast Du nie gezweifelt? Hast Du nie mit gerungenen Händen zu Deiner Heiligen gefleht, ihr Bildniß geküßt, die Lanze, die ihr die Brust durchbohrt, das Tüchlein, das ihr Blut trank? Und wenn der Himmel ehern über Dir blieb, kein Balsam floß, der Dir die Wunde kühlte — hast Du nie gezweifelt?

Blanca.

Nie, Tochter, nie. Was sind wir, daß wir die Heiligen zwingen könnten? Gewähren und Versagen steht in ihrer Hand. Ich beugte mich.

Maria.

Als Kind, Mutter, stellte ich mein rubinenes Kelchglas unter einen Baldachin von grünen Zweigen wie auf einen Hochaltar; kam nun die Sonne, so erglühte es wunderbar wie die geweihte Schale, die des Gekreuzigten Blut empfing. Alles Hohe und Himmlische schien meinem jungen Gemüth in diesem Glanz vereinigt und ich betete zu ihm mit heißer Inbrunst. Du sahst es, saßtest ernst und streng meine

Hand, hubest mich auf und schaltest mich ob meines sünd=
haften Aberglaubens. Mutter, Mutter, wo beginnt der
Wahn, wo endet der Glaube?

Blanca.

Um Gott, Tochter, welche Reden! Hüte Deine Zunge!
Ein Wort wie dies und das heilige Officium findet Ursach
wider Dich und mich. Du kennst seinen Grimm nicht.

Maria.

Was sagst Du, Mutter? Ich frage, ich zweifle um
des Glaubens willen, und ein Wort wie dies wäre —

Blanca.

Ketzerei, meine Tochter.

Maria.

Mein Kopf, mein Kopf!

Blanca.

Doña Anna de Bohorqués weinte einem Jüngling, der
in den Flammen noch mit heller Stimme „Alma Redemp-
toris" sang, eine Thräne nach. Das ward ihr Todesurtheil.
Ihre Schwester Rafaëla starb, weil sie diese Thräne getrock=
net und dem Gericht verheimlicht hatte.

Maria.

Dann wäre seine Schuld auch die meine, er wäre — —
Mutter, Mutter!

Blanca.

Was ist Dir? Was erschüttert Dich so grauenhaft?

Maria.

Ich fürchte, ich fürchte, wir thaten ihm Unrecht, und
ich, ich habe ihn getödtet.

Blanca.

Maria!

Maria.

Schmeichelnd, drängend schlang ich das Kreuz um seinen Nacken und opferte ihn meinem Wahn!

Blanca.

Deinem Wahn? Unselige!

Maria.

Meinem Glauben, Mutter. Vergieb, vergieb! Hier wühlt und hämmert es, daß ich nicht weiß, was ich rede. So ringt der Schlafende mit dem Erwachen, keucht und stöhnt, schwer wie ein Gruftdeckel hebt sich ihm das Augenlid, ein Lichtstrom fluthet herein, aber mit Steinesschwere fällt es zurück: er ist dem dumpfen Schlaf auf's Neue verfallen. — Ist dies der Beginn einer neuen Zeit, dann prophezeihe ich dem Weibe schwere Stunden, Mutter. Der Mann wird über den heiligen Büchern bei dem Rauch der Lampe brüten, grübeln und grübeln, deuten und entkräften — und wir werden stumm, angstvoll daneben sitzen, ihn nicht aufhalten können, mitgerissen werden und an dem Zwiespalt verbluten.

Blanca.

So bete, daß die Zeit fern bleibe, meine Tochter. Ich fürchte, Du wandelst in schwerer Irre. Nimm Dein Brevier, suche die Stille auf. Der Tod ist der beste Beichtiger. Am Sarge des Ahnherrn —

Maria.

Dort? Sein Anblick verurtheilt mich.

Blanca.

Ertrag' ihn, büße, bete und finde den Glauben wieder.
(Sie steht auf.)

Maria.

Ich werde ihn finden, Mutter! Und hat Gott mir seine Gnade nicht ganz entzogen, so wird er zu mir kommen wie bisher, beruhigend, kühlend und stärkend wie der Thau

in der Sommernacht. Geh' sorglos schlafen, gute Mutter. Unehre bereitet Dir Dein Kind nicht. Ich werde diesem Sturme stehen. Er kann mich tödten — aber nicht davon=
tragen! (Doña Blanca küßt sie.) Gute Nacht!

Blanca.

Gute Nacht Kind! — Kann ich ruhig sein?

Maria.

Ganz ruhig, gute Mutter. (Doña Blanca geht.)

Dritte Scene.

Maria allein.

Tödten, aber nicht davontragen! Und wenn nun der Inquisitor Dein Henker würde und Du stürbest wie er —? Warum werd' ich den Gedanken nicht los? Sind diese armen Zweifel Sünde, warum tragen sie statt des scheuß= lichen Drachenhauptes ein blasses, bekümmertes Menschen= antlitz, ermahnen und trösten statt zu verwirren und mir das Innre zu zerfleischen? Nicht mit rothfunkelndem Auge schrecken sie — aus dunkler Tiefe sehen sie mich ernst, ruhig, bezwingend an. O das war kein Trost, was mir die Mutter gab. Hier pocht und hämmert es fort. Herz, Herz, halt ein! Es ist die List des Versuchers. Mit Seraphsflügeln naht er, die Lilien in der Rechten, um Dich so gewisser zu verderben. Und wenn diese Gedanken wüchsen zu dem Ungeheuren, das sein Mund grollend, wetternd verkündete, das ich mit Schaudern vernahm — unmöglich, nimmermehr! Ich habe Nichts mit ihm gemein! — — Und doch! verrätherisches Herz, du betrügst dich. Immer wieder kommt es, mahnend, drohend, anklagend: Du bist ihm näher als Du glaubst. Trieb Dich auch ein kindlich frommer Sinn — Unglückliche, seine Mörderin bist Du doch! So errett' ihn auch! Errett' ihn, ohne Säumen, eh es zu spät ist, ehe im feuchten Verließ der Scherge am

Mark seiner Jugend bohrt und der prangende Bau, in sei=
nen Quadern erschüttert, hülflos taumelnd in sich zusammen=
sinkt. — Aber wie? kein Mittel? kein Weg? — —
Adone! — Warum schüttelt es mich wie die Verwesung? —
Kein andrer Weg? — Schrecklich, schrecklich! — Kein
andrer? — wie? — nein? Kein andrer. Er ist des
Priesters rechte Hand, er nur kann helfen. Es muß sein!

(Mercedes kommt.)

Mercedes.

Signor Neri wartet vor der Thüre, liebe Herrin. Er
bat so bewegt um eine Unterredung mit Euch, daß ich nicht
wagte ihn abzuweisen.

Maria.

Signor Neri? — Sogleich — Ja, was wollt' ich doch?

Mercedes.

Liebe Herrin?

Maria.

Schlafen die Diener?

Mercedes.

Sie hielten mit den Mönchen die Todtenwacht. Noch
sind sie nicht zur Ruhe.

Maria.

So sende ihrer einen zu Don Adone —

Mercedes (erschreckend).

Herrin?

Maria (ruhig fortfahrend).

Zu Don Adone. Ich lasse ihn bitten schleunigst zu
mir zu kommen, es gälte sein und mein Glück. — Du siehst
mich verwundert, fragend an. Gutes Kind, glaub' es immer=
hin, ohne an mir irre zu werden. — Kehrt nicht Dominik
morgen mit der Mannschaft des Gennesers zurück?

Mercedes.

Ja, liebe Herrin.

Maria.

Du hast ihm redlich Treue gehalten. Diese Liebe hat Dich ernst vor Deinen Jahren, gut und besonnen gemacht. Ich habe Dir oft vertraut; fast könntest Du mich auch jetzt verstehen —

Mercedes.

Vertraut mir, wenn Ihr mich ehren wollt.

Maria.

Ich — nein, nein, nein! noch wage ich kaum es mir selbst zu gestehen. Geh, geh — und lasse Signor Neri kommen. (Mercedes geht.)

Maria.

Wenn es sein müßte? Wenn dies das Ende wäre? Wie oft lockten mich die Wellen dort unten, wie oft das Fläschchen, das die Töchter dieses Landes wie ein Geschmeide tragen, zur Rettung, zur Rache im höchsten Liebesleid! Ich griff nach ihm wie willenlos — und doch vermochte ich es nicht! Ich duldete aus. Und sollte ich nun um seinetwillen die Sünde begehen, die furchtbarste, die Himmel und Erde kennen, mein Leben — o nie, niemals! Der eignen Seele Seligkeit — das Opfer wäre zu groß!

Vierte Scene.

Maria. Neri kommt.

Neri.

Erschreckt nicht, Doña Maria, zürnt diesem Bruch der Sitte nicht. Was mich herführt, ahnt ihr: es ist stärker als jede Rücksicht.

Maria.

Redet, Signor.

Neri.

Ich komme im Fluge von Cadiz. Ein Bubenstück ohne Gleichen entlockte mir ein ehrwürdiges Erinnerungspfand. Ich bin jung, Madonna, weichgewöhnt, ich liebe das Leben. Muthlos von der Todesangst verleugnete ich das heilige Zeichen und legte es, vertrauend, verwirrt, in die Hände eines Schurken, der es wohl zu hüten versprach.

Maria.

Sein Name?

Neri.

Don Abone.

Maria.

Abone! Also irrte ich nicht. In seinen Händen laufen alle Fäden zusammen.

Neri.

Wie er es gehütet, wißt Ihr. Ich schrie auf, als ich aus Colonnas Munde den Betrug erfuhr und mit ihm des Herrlichen Wiederkehr, der kaum vom Tode erstanden, mit dem ersten Fuß auf spanischem Boden, sofort auch dem Teufel verfallen war, der ihn schon einmal verderbte. Die Scham, das Elend des Freundes gaben mich mir selbst zurück. Hier bin ich — befehlt über mich. Noth und Tod schrecken mich nicht mehr und kein Opfer dünkt mich groß genug ihn zu erretten.

Maria (mechanisch).

Kein Opfer groß genug — ja — ja —

Neri.

Aber wie? Stelle ich mich der Monarchin, dem Officium? Fälsche ich die Wahrheit? Erzähle ich den Richtern von dem Edelmuth des Freundes, der mich zu schonen sich selbst vernichtet?

Maria.

Unmöglich! Er hat sich zu schwer belastet. Die Henker wählten ihn statt Eurer. Kehrtet Ihr zurück, würdet Ihr nur mit ihm fallen. Es mag dem edlen Gemüth eine Wonne sein sich zu opfern, aber das vergebliche Opfer schmerzt.

Neri.

Daß es vergeblich sein würde, fürchtete auch ich. Was also thun? Rathet Ihr — die Liebe macht erfinderisch. Oder wie —? aber nein, das ist unmöglich — (Er stockt.)

Maria.

Was ist Euch?

Neri.

Wie konnte mir auch nur der Schatten eines Gedankens kommen, daß Ihr selbst an ihm irre geworden, daß Ihr Eure Hand von ihm abzögt! O verzeiht — verzeiht mir!

Maria (rasch).

Nicht doch, edler Neri, nicht doch! — Wie könnt Ihr denken —?

Neri.

Auch würde es das bitterste Unrecht sein. Es stünde mir in dieser Stunde schlecht an, den Ruhm des großen Todten zu verkünden, den Rom zu seiner Schmach aus dem Buche der Lebenden löschte. Hörte ich doch, wie sein Jünger für ihn gezeugt! Und Ihr, Madonna, Ihr wißt am Besten, daß Menschen wie er wohl irren, aber nicht sündigen können. Was beschließt Ihr zu seiner Rettung? Noch einmal: vertraut meinem Willen, meiner Kühnheit. Ich bebe vor keinem Wagniß zurück und würde selig sein, mit meinem Leben das seine erkaufen zu können.

Maria.

Eines so kostbaren Opfers wird es nicht bedürfen, Signor Neri — aber ich danke Euch, danke Euch von ganzem

Herzen. Ihr habt mich gestärkt und getröstet, mehr als Ihr ahnt. Wollt Ihr mir etwas versprechen?

Neri.
Alles, was zu seiner Befreiung dient.

Maria.
Kommt in einer Stunde zurück. Dann werde ich mich entschieden haben. Ihr versprecht mir das?

Neri.
In einer Stunde, Madonna. (Er geht.)

Maria.
Hörtest Du das? Diese Gewißheit, diese Treue, dies heiße Verlangen für ihn in den Tod zu gehen? Und Du konntest Dich bedenken? Dir kam der Entschluß schleichend und schlaftrunken wie ein träger Knecht, der fröhlich, stür=mend wie ein Bräutigam am Tage der Hochzeit in Dein Herz hätte brechen sollen? Wie es mir vor den Augen schwindet, wie sich mir der Weg erhellt! Du haft ihn in's Verderben gestürzt — Du mußt ihn retten! Sieh jetzt allein auf das Nächste, laß folgen, was kommen muß. Mäkle nicht mit seiner Schuld, mit Deinem Schicksal! Und wäre sein Untergang beschlossene Sache gewesen, auch ohne daß Deine Hand ihm ahnungslos die Schlinge geschürzt, wäre seine Schuld so groß, daß der Himmel selbst im Wetter gegen ihn zeugte — ich rettete ihn dennoch — denn: ich liebe ihn — liebe ihn noch — für immerdar, bis in den Tod. (Sie schluchzt heftig.)

Mercedes (kommt).
Don Adone.

Maria.
Und doch wieder dies Grauen, dies Zagen vor dem Nothwendigen. Es muß sein! hörst Du: es muß sein! so komme Dir denn auch der Muth zurück. — Ich erwarte Don Adone. (Mercedes geht.)

Fünfte Scene.

Abone kommt. **Maria.** (Pause.)

Abone.

Ihr habt mich rufen lassen, Doña Maria?

Maria.

Meine Bitte kann mir nicht schwerer geworden sein als Euch die Erfüllung. Darum dank' ich Euch.

Abone.

Verschwendet Eure Höflichkeiten nicht. Die Neugier trieb mich. Mich verlangte zu wissen, was Ihr einem Manne sagen könntet, dem Ihr so deutlich zu verstehen gabt, daß er — keiner sei. Was will Doña Maria von dem Ehrlosen, von dem Bettler Abone?

Maria
(immer vollkommen ruhig).

Ein Leben.

Abone (aufbrausend).

Das ich von Euch zu fordern ein Recht hätte! Ein Leben — Euer Leben! Ihr habt mich tödtlich, unauslöschlich beschimpft. Der Braut, die auch nur mit einem Blinzeln der Augen die Ehre ihres künftigen Gatten besudelt, stößt der Spanier einen Dolch in's Herz. Was erwartet Ihr, daß mit Euch geschehe?

Maria
(die Arme ausbreitend).

Stoßt zu. Es wäre das Aergste nicht, was mich treffen könnte.

Abone (kalt).

Ihr habt Recht, und darum lebt Ihr. Der Spott, die Schande, die Verachtung seien Euer Gericht. Ganz Sevilla rächt meine Ehre.

Maria.

Und doch kann ganz Sevilla Euch nicht völlig genug thun. Ich vermag es allein.

Abone.

Auch daran erinnert Ihr mich? Ihr führt scharfe Gifte, Doña Maria. Aber wer sagt Euch, daß mich nach dieser völligen Genugthuung, der einzigen, die Ihr mir gewähren könnt, noch verlangt? Wer sagt Euch das?

Maria.

Dann bitte ich um Vergebung, denn ich war soeben Willens sie Euch anzutragen.

Abone.

Ihr wolltet — Höhnt Ihr mich? Auch meine Geduld hat ein Ende, Weib. Ihr wolltet ein Leben von meinen Händen fordern. Ich bin nicht kurzsichtig genug um nicht zu sehen, wohin Ihr zielt. Er ist es, der Eine und immer der Eine, der all' meine Pläne durchkreuzt, der über all meine Wege, die meine Vorsicht wohlgeordnet wie die Laubgänge von Aranjuez, seine widrige Schlangenspur zieht.

Maria.

Er ist es — immer der Eine.

Abone.

Also noch tobt Euch der Aufruhr im Innern? Selbst der gestrige Sturm hat die Flamme nicht ertödtet? Ihr liebt ihn noch? Und ich sollte die Hand zu seiner Rettung bieten? Eine lustige Zumuthung! Und um welchen Preis? Ihr wollt mich fangen, Doña Maria, aber Ihr täuscht Euch. Er selbst zog das Netz über sich zusammen, ihn rettet keine Milde, kein Aufschub — er stirbt.

Maria.

Verzeiht, wenn ich noch nicht recht zu bitten verstehe, aber es ist noch nicht Alles, ich verlange noch mehr. Ihr

seid Frau Leons, seid des großen Deza vielvermögender Ge=
nossc. Ihr habt Zutritt zu den Kerkern der Inquisition.
Oeffnet seine Zelle und laßt ihn entfliehen.

Adone.

Entfliehen? Ras't ihr?

Maria.

Entfliehen. Noch heute. Denn ich, beim großen Gott
des Himmels, verlange Nichts mehr von ihm.

Adone.

Ich aber thu' es, Doña Maria! Seid ihr toll genug
mir eine Großmuth anzusinnen, die auch die Kräfte der
Engel des Himmels übersteigen würde? Pocht Ihr an
meinen Ritterschild? Er dröhnt nur ein Wort und wieder ein
einziges Wort zurück: Rache! Das ist meine Ehre. Eine
andere kenne ich nicht. Mir gehört er an, und auf keinen
Blutstropfen in seinen Adern leiste ich willig Verzicht.

Maria.

Hör' es, Herz! merk' auf!

Adone.

O er wird kommen, der große Tag, das Flammenfest
des Glaubens. Wie ein Schlachtgesang tönt das Vexilla
regis. In den Staub sinkt die Menge vor dem grünen
Kreuz, auf der Tribüne neigen sich König und Königin,
und hinter dem Henker kommt er dahergewankt, Ihr erkennt
ihn kaum, ein aschfahler Mann, mit gebrochenen Gliedern,
blutunterlaufenen Augen —

Maria.

Halt ein!

Adone.

Im härenen Sambenito. Und nicht er allein; hinter
ihm folgen sie, ein langer Zug, sie alle, deren Namen ihm
die Folter erpreßte, und ihre Flüche gellen ihm nach auf

der furchtbaren Reise in die Ewigkeit. Der Henker schließt ihn an den Pfahl, der Priester betet und ermahnt ihn, schon qualmt es auf — „Entlaste Dein Herz, stirb buß=
fertig" — da ruft er mit heiserer, ersterbender Stimme noch einen Namen, den Euren —

Maria (schreiend).

Nein, nein, Du Folterknecht! Nicht mich, noch ihn. Rett' ihn, rett' ihn und ich bin die Deine, hörst Du, um diesen Preis — die Deine!

Adone
(tritt betreten zurück).

Aefft sie mich? Das klang wie Wahrheit!

Maria.

Es muß! Es bleibt kein anderer Weg, und dem Himmel sei Dank, daß er selbst ihn mir geebnet. Ueber=
winde das Grauen und den Ekel, Herz. Es gilt das Letzte noch! Bleibe gelassen! — Hört mich ruhig an, Don Adone. Reden wir nicht von — jenem Gefangenen und seiner Schuld, denn, so oder so: für Euch ist er ein todter Mann. Aber ich habe mich zur Mitschuldigen seines Untergangs gemacht, ja, ohne meine Hülfe wäre er Eurer Rache schwer=
lich verfallen — diese Unbesonnenheit — möchte ich sühnen, sühnen wie die Frevel, die ich an Euch beging. Ihr seht, ich vertheile meine Buße gerecht — Ihr habt keinen Grund ihn zu beneiden — Entscheidet Euch — Ich lasse Euch Bedenkzeit. (Sie tritt an die Brüstung.)

Adone.

Und um den Preis seiner Freiheit wärt ihr die Meine? (Maria nickt stumm mit dem Kopfe.) Wie es mir aufwallt! Wag' ich's? Vor dem Kerker der Inquisition brach das Roß des Boten zusammen, den der Prinz von Asturien an den Alguacil zur schleunigen Befreiung des Gefangenen gesandt. Der Alte zauderte und wollte meinen Rath, meine Ent=

scheidung. Nichts hätte mir ein Ja entlockt und selbst die Könige hätten ihn dem Officium nicht entrissen. Aber jetzt? Wenn mir auch dieser Sieg beschieden wäre und ich die köstliche Beute vor seinen Augen davon trüge? Wag' ich's? Trotze ich Fray Leon und der Kirche und lasse ihn — um diesen Preis — entfliehen? Isabella, der Prinz werden mich schützen. Wie sie die blasse Trauer verklärt! Ich kann nicht widerstreben. Es sei! (Laut.) Maria! Maria! Ihr habt eine furchtbare Macht über mich. Ein einziges Zeichen der Gunst, ein Lächeln, und meine eisigsten Vorsätze schwinden dahin. Ihr seid eine Zauberin.

        Maria.

Wollt Ihr?

        Adone.

Mich warnt etwas. Seht mich an.

        Maria
       (ihn ruhig anblickend).

Wollt Ihr?

        Adone.

Noch vermag ich es nicht. In dichter Kette schließt sich Betrug an Betrug. Noch vermag ich nicht Euch zu vertrauen. Hat Euer Gelöbniß keinen Schlupfwinkel? Wollt Ihr mir schwören?

        Maria.

Ja.

        Adone.

Ihr wollt? — Hier ist ein Crucifix. Schwört mir —

        Maria.

Ich schwöre —

        Adone.

Schwört mir „Für die Freiheit des Ludwig Behaim" —

Maria.

„Für die Freiheit des Ludwig Behaim" —

Abone.

„Gelobe ich mich dem Don Abone, Marques de la Mota" —

Maria.

„Gelobe ich mich dem Don Abone, Marques de la Mota" —

Abone.

„Mit Leib und Seele".

Maria.

„Mit Leib und —"
(Sie zittert heftig und läßt die Hand sinken.)

Abone.

Ich verstehe Euch. Dieses Wort von Euch zu verlangen wäre Grausamkeit. Den Schluß des Schwures erlaß' ich Euch. Möge die Zukunft uns bringen, was zu geloben Euch der Augenblick noch versagt. Ich danke Euch. — O, wenn Ihr doch fühlen wolltet, wie ganz ich der Eure —

Maria.

Wann wird er frei?

Abone.

Sogleich. Das Gefängniß des Tribunals liegt nur wenig Schritte von hier in der Straße der Capuziner. Ich eile.

Maria.

Und wann erhalte ich Gewißheit? Sendet mir den Gefangenen zum letzten Abschied. O faltet die Stirne nicht! Ihr dürft mir trauen. Wartet an der Pforte, lauscht an der Thüre, wenn Ihr wollt, und seht ihn entfliehen. Auch den jungen Neri, der dem Gericht mit Eurer Hülfe schon einmal entrann, dürft Ihr nicht behelligen. Er wird ihn begleiten.

Abone.

Es sei! (Er will gehen.)

Maria (athmet auf).

Abone
(rasch zurückkommend).

Was war das für ein Seufzer?

Maria.

Ich hörte keinen.

Abone (furchtbar).

Wenn Ihr mich dennoch betröget, wenn dieser Schwur — o Weib, die weite Hölle hätte keine Marter, bitter genug, Euch zu vergelten, was Ihr an mir gethan.

Maria
(sieht ihn fest und ruhig an).

Abone.

Ich gehe. (Ab.)

Maria
(ihm nachblickend).

So verworfen wär' ich? Dann würde ja die letzte Sünde, die ich noch begehen muß, meine Schuld nicht vergrößern? Sie wäre Nichts als der Zuschlag, den die freie Gunst des Händlers dem Käufer auf die Wage legt. Sei es! Das Denken hat ein Ende! Rede dir auch nicht ein, daß du keinen Meineid begingst. Du mußt das Urtheil erwarten, das dir der höchste Richter spricht. Tritt gefaßt vor seinen Stuhl. Gefaßt auch vor das Antlitz dessen, der dir zum letzten Lebewohl die Hand zu reichen kommt! Für Dich, Geliebter, den Tod und die Sünde! Gott ist mein Zeuge: für mich hätte ich sie nimmer begangen. — Wie drang er aus dem Dunkel des Flusses, aus dem schwarzen Gebüsch! So muß es dem Apostel gewesen sein, den das Licht des rettenden Engels im Dunkel des Kerkers plötzlich schreckhaft, blendend umquoll. Und nun? Einen Kerker zu öffnen kommt er auch jetzt, aber er ahnt nicht, daß der Schlüssel unter seinen Händen zerbrechen wird. — „Zerbrochen ist das Schlüsselein" — sein Lied! Wie seltsam es mich mahnt. Dort liegt auch die Laute. Den Todten da drinnen wird es nicht stören. Ich rührte sie lange nicht an. — Wie war es doch?

(Sie nimmt die Laute, praeludirt und singt halbleise.)

„Ich bin dein, du bist mein,
Deß sollst du gewiß sein,
Du bist beschlossen in meinem Herzen —"

Sechste Scene.

Ludwig kommt. **Maria.**

Ludwig
(der eine Weile mit düsterem Antlitz auf der Schwelle der Thür stehen bleibt).

Ihr habt das Lied noch nicht vergessen?

Maria (jäh abbrechend).

Es war nicht für den Horcher bestimmt.

Ludwig.

Ein geheimnißvoller Schließer öffnete meine Zelle und sandte mich zu Euch. Wollt Ihr mir erklären —?

Maria.

Die Königin —

Ludwig.

Nicht der Infant? der Prinz von Asturien? Im Kerker hörte ich seinen Namen flüstern? Er soll schwer erkrankt sein.

Maria (verwirrt).

Nein — die Königin —

Ludwig.

Ihr habt also für mich gesprochen? Maria! Und Ihr konntet mir verzeihen?

Maria.

Wenn Ihr mir nur verzeihen könnt!

Ludwig.

Ich — Dir? O Du Heilige!

Maria
(ernst abwehrend).

Laßt! (Pause.)

Ludwig.

Lebt denn wohl.

Maria.

Ihr geht?

Ludwig.

Muß ich nicht? Man sagte mir doch —

Maria.

Ganz recht. Ihr müßt fliehen, eilends fliehen, fort aus Sevilla, fort aus Spanien — weit, weit fort.

Ludwig (gepreßt).

Ich darf Euch nicht bitten mir zu folgen?

Maria (herb).

Nein.

Ludwig.

Ihr habt Recht. Die Vergangenheit würde wie eine Leiche neben uns sitzen und Herz und Lippen würden in ihrer Nähe gefrieren. Giebt es kein Mittel sie zu erwecken?

Maria.

Wohin geht Ihr?

Ludwig.

Zu meinen Brüdern jenseit des Wassers.

Maria.

Nicht nach Deutschland?

Ludwig (rasch).

Würdet Ihr mir dorthin —?

Maria.

Nein. — Doch glaubte ich — Ihr wart einst frei und glücklich dort. — Es ist freilich lange her —

Ludwig.

Es waren herrliche Tage. Euer Vater führte uns hin — der Gütige! Wir sollten sein Heimathland kennen lernen.

Maria.

Wir sahen den Rhein. Wißt Ihr noch —

Ludwig.

Wie wir am Ufer standen, Hand in Hand, im Mondschein fröstelnd und nach dem Felsen starrend, den Berggeist zu sehen, der dort Nachts seine Heerde weidete —

Maria.

Er aber kam nicht —

Ludwig.

Und wir spotteten uns hernach wacker aus — weißt Du noch?

Maria.

Ich neckte Dich: Du habest vor Furcht gezittert. Das fraß Dir am Herzen. Am andern Tage kamen wir an den Sturzbach; in seinem Abhang wiegte sich ein Strauß blauer Glocken, den der feine Schauer gestreift.

Ludwig.

„Wer holt sie mir?" riefst Du.

Maria.

Du ergriffst einen abhängenden Ast — ich schrie auf und bedeckte die Augen. Als ich sie aufschlug, standest Du vor mir und die Glocken lagen in meinem Schooß — weißt Du noch?

Ludwig.

Da riefst Du —

Maria.

„Kannst Du mir verzeihen?" rief ich. —
(Das Gefühl übermannt sie, sie sinkt an seine Brust.)
Ludwig, Ludwig, kannst Du mir verzeih'n?

Ludwig.

Geliebte, um aller Heiligen willen, komm mit mir. In Teutschland soll uns das alte Glück neue Knospen treiben — komm mit! Widerstrebe dieser Wallung nicht — sie ist Dein wahrhafter Wille. Ich will mich bleich denken, Dir das Roth der Wangen zurückzugeben, mir die Hände im harten Tagfrohn wund pressen — nur komm mit mir, entschließe Dich!

Maria.

Unmöglich! Laß mich! Was uns hier trennt, trennt uns auch dort.

Ludwig.

So wag' es mit mir über den Ocean zu flüchten. Dein Geist ist kühner und muthiger als Dein Geschlecht. Sieh dort die Götzen, die wir hier verehren, in einer stärkeren, reineren Luft zu Asche zerstäuben, erkenne, daß es eine andre Sitte, ein andres Recht, einen andren Glauben giebt — und es wird Dir sein, als blicktest Du vom Gipfel der Berge auf den Brodem der Thäler und dächtest schaudernd: in diesem Qualm, in dieser Trübe habe ich gelebt? und nie, beim Himmel, verlangt es Dich zurück.

Maria.

Laß ab! Dein Wort reißt mich mit sich, aber mein Herz ankert hier und beginnt zu bluten. Ich kann nicht.

Ludwig.

Es blutet, weil Du ihm die Flügel bandest. Löse diese grausamen Fesseln. Ist es nicht Gott, der uns zu einander geführt? Folg' ihm! (Er zieht sie mit sich.)

Maria (abwehrend).

Verführer!

Ludwig.

Du folgst, Du mußt — wie könntest Du anders? Ich habe Dich wieder, Maria, Maria! (Es pocht draußen.)

Maria (reißt sich los).

Zur rechten Stunde! Habe Dank, heilige Jungfrau!

Neri (draußen).

Ich löse mein Versprechen ein.

Ludwig.

Wer pocht?

Maria.

Es ist Neri. (Sie geht zur Thüre.) Tretet ein, Signor!

Neri.

Verzeiht, daß ich zur Eile mahne — (Er erblickt Ludwig.) O Freund, Freund! und bist Du frei?

Ludwig.

Frei, guter Neri. — Du folgst, Maria?

Maria.

Nein.

Ludwig.

Bedenke!

Maria (stark).

Nein! Es ist abgethan.

Ludwig.

Fürchte das heilige Gericht! Es könnte auch Dir seine Fallstricke legen. Abone sinnt auf Rache.

Maria (bitter).

Bekümmre Dich nicht! Dafür ist gesorgt. Um meiner Ruhe willen — fort!

Neri.

Auch gilt kein Säumen mehr. Sevilla macht heute früh Tag. Es zieht dem Entdecker, dem großen Columbus, entgegen, der mit dem ersten Morgen seinen Einzug hält. Jeden Prunk, jeden Auflauf zu verhüten kommt er zu halbnächtiger Stunde. Aber die Königin, die ihm die alte Gunst bewahrt, das launische Volk, das seinen Unterdrückern grollt, die ihn wie einen Gefangenen, in Ketten mit sich führten, bereitet ihm nur um so festlicher Triumph und Willkomm. Darum fort.

Ludwig (dumpf).

Lebe denn wohl.

Maria.

Signor Neri!

Neri
(zu ihr tretend).

Madonna?

Maria.

Wollt Ihr mir versprechen, über sein Leben zu wachen und ihn ungesäumt an Bord zu geleiten? Wollt Ihr?

Neri.

Ich versprech' es Euch.

Maria.

So geht. Gott schütz' Euch. (Ludwig und Neri gehen.) Ludwig!! (Er kommt zurück; an seinem Halse:) Wir werden uns wiedersehen.

Ludwig.

Darf ich wiederkommen?

Maria.

Thue was Du willst. Doch glaube mir: bald wird Dich Nichts mehr zurückziehen. Leb' wohl! lebe wohl für ewig!

Ludwig.

Ich komme wieder. (Er geht mit Neri rasch ab.)

Maria.

Frei, endlich frei! Nun säume auch Du nicht länger, Herz. Du darfst nicht zittern, nicht schwanken. Wie ein sorglicher Gärtner naht Dir der Tod; ehe der Wurm sie zerstört, rafft er die Blume hinweg. Fort denn, fort aus dieser Welt der Lüge! (Sie zieht ein Fläschchen aus dem Busen.) Die Mönche singen ihr Miserere. Wie bang, wie schaurig. Und doch wie gnadenvoll! Miserere nobis! Auch mein erbarme Dich, Du Gott der Gnade! (Dreimaliges starkes Pochen an der Hauspforte.) Es pocht. Wenn er es wäre, Adone — schnell, schnell, ehe mir seine Rache in den Arm fällt! (Sie trinkt das Gift. — Abermaliges Pochen.)

Lorenzo (unten).

Wer pocht so ungestüm?

Stimme.

Aufgemacht! Im Namen der Königin!

Lorenzo.

Ich komme. Wartet, ich komme.

Maria.

Lebe wohl, Geliebter. „Ich bin dein, du bist mein —"

Lorenzo
(kommt mit einem Briefe von rechts und eilt, ohne Maria zu bemerken, zur Thüre links; Doña Blanca kommt ihm mit Mercedes entgegen).

Edle Frau, Doña Blanca!

Blanca.

Wer schreckt uns aus dem Schlaf?

Lorenzo.

Boten des Infanten. Les't.

Blanca.

Was bedeutet —

Mercedes
(zu Marien tretend).

Liebe Herrin, was ist Euch?

Blanca.

Ein königlicher Bote, meine Tochter — Aber was soll das mir? — Der Prinz von Asturien befiehlt Ludwig Behaim ungesäumt seiner Haft zu entlassen.

Maria (schreit auf).

Ah!!

Blanca.

Was ist Dir, Kind? Du bist bleich wie der Tod — Deine Stirn ist kalt und feucht — Und dies Fläschchen? — Tochter, was hast Du gethan? Hülfe! Hülfe!

Maria.

Der Prinz von Asturien? Und er —! O Welt, Welt!

Lorenzo.

All ihr Heiligen! Juan! Sancho! Eilt nach Aerzten.

Blanca.

Sie stirbt. Kind, Tochter — Du lässest mich allein.

Lorenzo.

Durch eigne Hand? Herr, nimm die Sünde von ihr.

Mercedes.

Süße, süße Herrin!

Maria.

Verzeih mir — Mutter — „Du bist beschlossen in meinem Herzen" — Der Prinz! (Triumphirend.) Geliebter, um so gewisser bist Du gerettet! — Zerbrochen — ist das Schlüsselein —

Blanca.

Todt!!

Lorenzo.

Arme, arme Herrin!

(Unter dem Miserere der Mönche fällt der Vorhang langsam.)

Fünfter Act.

Am Ufer des Guadalquivir. Festlich geschmückte Häuser. Rechts die Kirche Maria Stella Maris. Frühe Morgendämmrung.

Ludwig und **Neri** kommen.

Neri.

Fasse Dich, Freund, ich beschwöre Dich. Du vertraust Deine Klagen der Nacht, in deren Schatten lichtscheuem Gethier gleich die Späher des heiligen Gerichts schleichen. Noch bist Du nicht sicher. Was ist dem Officium der Schutzbrief eines Prinzen? Glaube mir: gelassen entzünden seine Schergen mit ihm den Holzstoß.

Ludwig.

Habe Geduld, ich bitte Dich! Wenn solche Opfer auf unsren Wegen fallen, wer sichert uns dann noch, daß wir uns selbst vertrauen dürfen? O eine Welt voll großer Thaten bezahlt die süße Kerze nicht, die dort erlosch! Und um meinetwillen dahin! Was habe ich vollbracht? Was bin ich mit meinem Hirn voll ungeborener krauser Entwürfe! Maria, Maria!

Neri.

Dieser Schmerz ist Arznei, Freund, gesandt Dich zu stärken, aber Dein wildes Blut verwandelt ihn in Gift. Um Deines Glaubens willen raffe Dich auf!

Ludwig.

Du kanntest sie nicht, guter Neri! Wäre sie dahin gewesen, dahin für mich, für die Welt, als ich so jäh aus der Vergessenheit emportauchte — es hätte mir das Herz zusammengeschnürt, aber ich hätt' es erduldet ohne zu klagen. Jetzt aber, da ich sie wieder fand, jeder Odemzug ganz Liebe, ganz Vertrauen, unergründliches Vertrauen — guter Neri, Du sahst sie im Schatten der Sorgen; hättest Du sie gekannt wie ich: die Wangen voll frischen Lebens, unter dem braunen Haar die weiße Stirn, ohne Falten, ohne Zweifel, ein schneeiges Altartuch, bestimmt das Allerheiligste zu tragen! Dem jungen lichten Tag hoffte ich sie wiederzugeben, schon sah ich sie unter meinen Küssen emporblühen — und nun? Sie ist dahin, und ich habe sie getödtet.

Neri.

Der jammervollen Kunde! Warum mußten wir auch die Diener treffen! Nur eine Minute, und er wäre in Sicherheit gewesen! Womit richt' ich ihn auf?

Ludwig.

O über den Fluch der Lüge, die den eignen Erzeuger belügt und erschlägt! Brich nur einen Stein aus dem Schacht der Wahrheit, und ehe Du mit Deinem Raube entfliehen kannst, rollen hundert andre nach und begraben Dich unter ihrem Gewicht. O es ist hart!

Neri.

Freund, Freund! Wie oft schaltest Du mein weiches zerfließendes Gemüth. Nun sehe ich Dich im Jammer vergehen und tröste vergebens. Fühle Deine Kräfte, auf! vor Dir liegt weites unbeackertes Land, und überall findet der Edle Karst und Hacke den Boden zu bestellen. Nur säume nicht länger! In erster Dämmerung wälzte sich das Volk vor die Thore, den Genueser zu empfangen — fort, ehe sie uns entdecken!

Ludwig.

Guter Neri, die Philosophie hat noch keine Thräne getrocknet. Und was vermag ein Einzelner gegen den Wall, den der Wahn von Jahrhundert zu Jahrhundert wachsend aus Menschengebein und Reliquienwust, mit Blut und Thränen gekittet, riesengroß aufgethürmt?

Neri.

Höre ich das von Dir? Ein Einzelner? Und räumtest Du nur Sandkorn um Sandkorn von jenem Walle fort, Du hättest nicht vergebens gelebt!

Ludwig.

Freund, Freund! Und so scheide ich, ohne den letzten Kuß auf ihre bleichen Lippen zu drücken, ohne Rache an dem Schändlichen —

Neri.

Rache? Dein Schmerz entschuldigt Dich.

Ludwig.

Vergieb! Es geht vorüber. Ich werde ruhig sein. Eile denn voran, den Schiffer zu suchen, den guten Jungen, der mich unter Mandolinenklang an ihren Garten trug. Ich erwarte den Genneser.

Neri.

Du wagst es?

Ludwig.

Ich muß. Diese Gunst des Augenblicks versäumen wäre ein Frevel an der Menschheit. Geh.

Neri.

Und wenn sie Dich entdecken?

Ludwig.

So falle ich auf dem Schlachtfeld. Aber sorge Dich nicht. Hut und Mantel verbergen mich. Auch werden die Neugierigen meiner nicht achten. Gieb Acht, wie sie nach dem Golde schielen, das den Indianern in Flittern um die Schultern klirrt. Schon wälzt sich der Troß hieher. Geh,

geh, und lade nicht auf Dein Haupt die Schuld, die Du von dem meinen wenden möchtest.

Neri.

Ich gehe. Erwarte mich hier.

(Er geht. Ludwig tritt ganz links unter einen Mauervorsprung.)

Volk (draußen).

Heil, Columbus, Heil dem Entdecker, Heil!

Ludwig.

Er kommt, wie mir das Herz schlägt!

(Der Zug kommt auf die Bühne. Columbus in Ketten, Officiere und Matrosen, Bürger aller Stände, Indianer. Einige aus dem Volke überreichen dem Columbus knieend Bittschriften, die er entgegennimmt und einem Begleiter übergiebt.)

Columbus.

Noch einmal, haltet ein! Nicht diesen Ruf. Er schmerzt mich. Ihr seht einen armen Tagelöhner vom Ackerfeld Gottes heimkehren: sein ist die Ernte und der Ruhm.

Ein Bürger (leise).

Ist der Ruhm so klein wie die Ernte, dann hat er den Herrn gelästert. Dürftig, dürftig genug!

Ein anderer (ebenso).

Seht unsre guten Landsleute an. Wie vergrämt, wie verfärbt. Sie tragen mehr Gold im Antlitz als in den Taschen.

Der erste.

Warum schleppt er sich mit den Ketten? Er könnte ihrer doch längst ledig sein?

Der zweite.

Großmannssucht!

(Der Zug löst sich in Gruppen auf, die auf die Oeffnung der Kirchthür warten. Um die Indianer sammelt sich ein dichter Schwarm.)

Ludwig.

Christoph Columbus!

Columbus.
Wer spricht mit mir?

Ludwig.
Ein Jüngling, der Jahre lang nach Deinem Anblick geschmachtet, der Dich durch zwei Welten vergebens gesucht, der Dir seinen Dienst, sein ganzes Leben opfern möchte.

Columbus.
Mir? Willst Du Dich mir verbinden zu gemeinsamem Frohndienst im Joche des Herrn, so sei mir willkommen. Ich bin Nichts ohne ihn.

Ludwig.
Zeige mir den Weg, ich werde Dein sein. Es ist eine Wollust sich im Dienste des Genius seiner Freiheit zu begeben. Sei Du der Gedanke — laß mich die That sein.

Columbus.
Du redest Worte, die ich nicht verstehe. Gottes Weisheit aber faßt ein Kind. Was willst Du?

Ludwig.
Nimm an, es sei Nichts als die Feinde schlagen, die Dir diese Ketten geschmiedet, als Dir den Kranz flechten, um den die wandelbare Glücksgöttin Dich so tückisch betrog.

Columbus.
Ketten — Kränze — sie binden uns beide, die Kränze an die Welt, die Ketten an Gott. Da mein Herz noch nach den Ehren und Gütern der Erde trachtete, entpreßten sie mir Thränen, daß ihre Ringe rosteten. Jetzt küsse ich ihr Eisen — siehst Du noch einen Flecken daran? Die Thränenspuren sind verwischt. Sie glänzen hell und leuchten sieghaft.

Ludwig.
Auch sie hätte Gott Dir gesandt?

Columbus.

Auch sie! Als meine Feinde mich im Triumph einer Kriegsbeute gleich nach Spanien führten, ward ein gewaltiges Brausen, die Wasserdrachen erhuben ihre Häupter und verschlangen das Schiff, das den stolzen Bobadilla trug, zusammt seinen Knechten und goldenen Barren; und kam ihrer keiner davon. Um meinen Kiel aber rauschten die Wellen Harfenklang und eine weiße Taube wiegte sich auf der Spitze des Mastes.

Ludwig.

O laß mich mit Dir beten zu dem Gott, der so wunderbar für seinen Gesegneten gezeugt. Er vernichtete das Werk der Finsterniß, er rettete das Licht und die Wahrheit, das Verdienst, die Zukunft der Erde!

Columbus.

Das Verdienst? Mein Verdienst? Du Thor! Mein Wissen war Stückwerk, mein Weissagen war Stückwerk, ich irrte in Allem, was ich vollbrachte.

Ludwig.

Mann, Mann, lästre nicht wider Dich selbst, Du lästerst wider den Höchsten. Du gabst der Menschheit eine neue Welt — war auch das ein Irrthum?

Columbus (start).

Ja! Denn ich fand, was ich nicht suchte, und was ich suchte, fand ich nicht. Ein stechendes Sehnen pflanzte der Herr in die Brust seines Knechtes; der sinkenden Sonne starrte ich, noch ein Knabe, traumhaft verloren nach, wie von prophetischem Geiste gerührt, und ihre verlöschenden Strahlen zogen mich wie goldene Zügel. Zu dreien Malen fischten sie mich, wenn sie gesunken, leblos aus der Fluth. Die Sehnsucht wuchs und regte sich hier mit den Schwingen und den Klauen der Adler, sie war mehr als mein Wissen und Wollen; ihr ging nach bangen Monden, nach qualvoll

verzweifelter Fahrt an jenem großen Tage im Westen der
erste Landstreif auf. Und hätte er dort von Urbeginn an
nicht verankert gelegen, das Meer würde gekreis't und ihn
geboren haben. Ihr Werkzeug war ich — nichts mehr.
Was ich selbst erwog, maß und münzte, war eitel Trug,
mein Irren aber segnete Gott. Begreifst Du nun, warum
ich mich ihm demüthig bescheide? Gehe hin und thue des=
gleichen.

Ludwig.

Mann, Mann! Dein Glaube ist Knechtschaft. Und
auch auf jene Völker willst Du dies Joch laden, die schon,
aus paradiesischem Frieden aufgeschreckt, bis zum Selbstmord
gequält, unter dem Fluch unsrer Macht dahinschwinden?
Lehre sie einen beglückenderen Glauben. Des Apostels ge=
denke, der auf dem Markte von Athen am marmornen Altar
den unbekannten Gott predigte. Gewöhne sie sanft an eine
milde, menschliche Lehre!

Columbus.

Irdische Knechschaft ist himmlische Freiheit. Mögen
sie mit Thränen säen, dereinst werden sie mit Freuden ernten.
Noch waren wir mit der Bekehrung zu säumig. Ist die
Königin mir gnädig, so erbitte ich eins von ihrer Huld,
nur eins: hundert Priester des heiligen Dominicus zur
Predigt des Kreuzes in jene Wildniß der Geister zu senden
— noch heute, noch heute! Ich schlafe nicht, ehe ich dem
neuen Volke die himmlische Segnung beschieden weiß.

Ludwig.

Auch die Segnung der Inquisition?

Columbus.

Wenn es sein muß, auch diese.

Ludwig (erschüttert).

Ich weiß genug — habe Dank.

(Die Kirchenthüren haben sich geöffnet. Priester und Chorknaben erscheinen auf
der Schwelle. Ein Page tritt heraus.)

Page.

Ihre Majestät die Königin hat die Kirche soeben durch das Südthor betreten.

(Das Volk strömt hinein.)

Columbus.

Willst Du mir nicht die Hand reichen? Sie ist heiß, und fieberisch brennt Deine Stirn. Da ich noch ein Knabe war, empfand ich wie Du, begehrte und irrte wie Du. Hörst Du den Sang? „Te Deum laudamus!" Herr Gott, Dich loben wir! Ihm gieb die Ehre.

(Er begiebt sich mit seinem Gefolge, das bis dahin gewartet, in die Kirche, deren Thüren sich schließen. Neri tritt heran. Im Uebrigen ist die Bühne leer.)

Ludwig.

Und so spricht Spaniens größter Mann? Neri, Neri, hörtest Du's?

Neri.

Ich hörte. Komm mit mir!

Ludwig (heftig bewegt).

Nach Deutschland, Freund, nach Deutschland! Ein Engel zeigte mir den Weg. Vielleicht ersteht uns dort die neue Welt, die jenseit der Wasser versiecht. Einen todten Leib schenkte Columbus der Menschheit, einen seelenlosen Leichnam — Nach Deutschland!

Neri.

Die Barke wartet, und segelfertig regt sich die deutsche Galeone schon.

Ludwig.

Zur Ebernburg, Freund! Dort lebt meinem Vater ein Jugendgespiele, der Ritter Sickingen, dort sah ich seinen Sohn Franz, einen kühnen, feurigen, stolzen Knaben, jetzt ein Jüngling wie ich. Er wird mich nicht von sich stoßen. Und seltsam Großes begiebt sich dort; eine Fessel sinkt nach der andern dahin; wider Pfaffen und Herren empört sich im Elsaß der Bauern zertretenes Geschlecht, und mit der Fackel des heiligen Dominicus, die hier den Holzstoß entzündet, leuchtet in Stuttgart Johann Reuchlin in die tiefsten Schlünde des Irrwahns. Nach Deutschland! — vielleicht, o vielleicht bricht dort der ersehnte Morgen an. — (Sie wenden sich zum Ufer.) Leb' wohl denn, Land, Kerker und Grab meiner Liebe, meiner Hoffnungen. Ein todwunder Mann scheide ich von dir, ohne Fluch — denn du selbst nährst dir zu eigener Qual Fluch und Tod im Herzen. Leb' wohl. Eine neue Welt zu suchen ziehe ich aus — Laß meine Kraft nicht schwinden, Ewiger, bis ich sie sah. Nach Deutschland! Und steigt sie auch dort nicht aus dem Chaos — (mit einem Blick nach oben) — einmal, einmal gewiß entschleiert sich mir ihre Küste doch!

(Der Gesang in der Kirche dauert fort. Der Kahn, den der Schiffer herangerudert, stößt mit Ludwig und Neri vom Ufer. Wie er verschwunden ist, erscheint von rechts Adone, dem Florez folgt.)

Adone (außer sich).

Wo ist er? Bübisch, bübisch betrogen! — Was heftet Ihr Euch an mich? Was haltet Ihr mich zurück? Die Sturmglocken läutet, bewaffnet die Hermandad. Herunter die Kränze von den Pfosten, Seile schlingt und Netze daraus — Was rasten die Anker müßig im Sand? was feiern die Ruder? Waffen, Waffen, den Wolf zu fangen, der in Spanien's Hürde brach, der uns Alle überlistet, Alle verderbt.

Florez.

Unsinniger, was ras't Ihr? Es ist zu spät — schon trägt ihn der Nachen an den Bord der deutschen Galeone. Gebt Euch zufrieden.

Adone.

Tod und Verdammniß! Und kein Schiffer hier? Ist denn Sevilla ausgestorben? Haltet, haltet!

Florez.

Vergebens. Man hört Euch nicht. In der Marien=

kirche drängt sich das Volk den Admiral zu sehen; andre warten in den Straßen, durch die der Zug kommt, auf dem Markt und im Alcazar.

Adone.

So höre Du mich, Maria Meeresstern! (Er will zur Kirchenpforte).

Florez (ihn zurückhaltend).

Unseliger, was thut Ihr? Zurück! Wessen war der ärgste Trug. War er nicht Euer?

Adone.

Was predigt Ihr mir? Seid Ihr ein Heiliger? Was sperrt Ihr mir mit ausgespannten Armen wie der Gekreuzigte den Weg? Zurück!

Florez.

Lästerer! Kirchenschänder!

Adone
(die Kirchenpforte aufreißend).

Auf, träges, blödes Volk! (Orgel und Gesang verstummen.) Die Orgel schweige, schweige der Gesang! Hier helfen Gebete nicht. Zu den Waffen! zu den Waffen!

Isabella
(aus der Kirche tretend).

Wer stört hier ruchlos das heilige Amt?

Fray Leon
(der mit Andern folgt).

Wer ist der Frevler? — Adone!

Florez.

Hört mich, königliche Frau! (Er spricht zur Königin.)

Fray Leon.

Seid Ihr von Sinnen!

Adone (außer sich).

Königin Isabella — Volk von Sevilla — die Kähne los! Jene Galeone trägt den Entsetzlichen, mit Euer Aller

Flüchen Beladenen. Ludwig Behaim ist frei, frei wie die Pest — Euch gegen den giftigen Odem der Ansteckung zu schützen, ihm nach und versenkt ihn auf ewig in Meeresgrund!

Das Volk (durcheinander).

Den Ketzer? — Zum Ufer! — Gebt frei den Weg! Die Kähne los!

Isabella.

Zurück! Keine Hand rühre sich! — Nichtswürdiger! Wer löste dem Gefangenen die Ketten?

Adone.

Der Prinz von Asturien, Euer Sohn!

Fray Leon (erstaunt).

Der Infant? Er vermaß sich?

Isabella.

Und diese Freiheit machtest Du zum Preis Deiner schändlichen Werbung? sie sollte Dir Marien gewinnen, die um Deinetwillen elend durch eigne Hand dahinschied? Verbünde sich Keiner diesem Teufel, wer nicht auch meine Rache fühlen will.

Adone (wie im Irrsinn).

So hilf Dir selbst, blöder Adone — ein Griff, ein Ruck, und er ist dahin — ich verstehe mich darauf — ich —
(Er dringt durch die Menge zum Ufer und versucht einen Kahn loszubinden.)

Isabella.

Wehrt ihm!

Fray Leon.

Ist Alles wider ihn? So verbünde ich mich ihm. Schirmt Dein Sohn einen überführten Ketzer, Königin Isabella? Wehe dann Dir und ihm, wenn Du diesen Frevel geschehen lässest. Die Kirche fordert diesen Missethäter von Dir. Auf seine Fährte, Bürger von Sevilla!

Isabella (mächtig).

Und ich gebiete der Kirche, daß sie schweigt! Vom Krankenlager, das mir stündlich die Sorgen mehrt, gab der Infant den Befehl. Sein milder kindlicher Sinn kannte keinen Willen als des Königs und den meinen. Dies war seine erste, freie That, die That eines Herrschers — ich besiegle sie durch meinen Willen.

Fray Leon.

Steht es so, dann habe ich hier Nichts mehr zu suchen. Gott ist über Euch, Königin, und — der heilige Vater. — Kommt, Don Adone! Mag dieser Mund Euch fluchen, ich verwandle den Fluch in Segen. Euer Eifer für die Kirche ließ Euch sündigen — um ihretwillen ist Euch vergeben.

Adone.

Die Kirche? Haha!

Florez.

Zurück, Unberathener. Du segnest den, der Dich verrieth. Wer war es denn, der dem Deutschen den Kerker öffnete? Dieser!

Fray Leon.

Dieser? Ihr? Adone!

Adone.

Ich war es — ja denn, Pfaffe, ich! Rinnt Dir das Blut heiß durch die Adern wie mir? riß Dir der Tod den duftenden Trank von den Lippen wie mir? Kennst Du den lechzenden Brand, den kein Weihwasser löscht, wider den nicht Gebet, nicht Kasteiung noch Wallfahrt hilft? Die Kirche, Du Thor? Auch sie fahre dahin! Mir selbst begehre, lieb' und hasse ich, mir selbst leb' und sterbe ich.

Fray Leon.

Verruchter!

Adone
(auf einen Mauervorsprung am Ufer tretend).

Da schwebt die Galeone heran, ruhig, sicher, immer näher — was zuckt an ihrem Mast empor, zwei glühende Flämmchen, Leuchtkäfern gleich — sie wachsen wie Elmsfeuer — sie beginnen zu kreisen, langsam — nun schneller, immer schneller, gewaltige feurige Räder — hier, hier — was packt mich im Nacken, kalt und feucht? — Maria, zurück! Zurück, Ihr Beide! Nein, Du sollst nicht — Du sollst nicht — ich siege — hinab, hinab!
(Er stürzt sich in die Fluth.)

Die Menge (schreit auf).

Frau Leon.

Ihm nach, ihn zu retten. Er gehört dem heiligen Gericht. (Ein Kahn stößt vom Ufer.)

Florez.

Die Welle begrub ihn.

Isabella
(nach einer Pause).

Gott ist gerecht. — Zurück zur heiligen Handlung. Der Admiral liegt betend am Hochaltar. Große Seele, die kein irdisches Verlangen mehr von der Brust ihres Gottes reißt.

Florez
(einem Boten ein Schreiben abnehmend).

Ein Eilender bringt dies Schreiben, königliche Frau.

Isabella.

Er ist bleich wie der Tod — Ein Unheilsbote —?
(Sie öffnet das Blatt.) Der Prinz — (Sie sinkt mit einem gebrochenen Laut in die Kniee. Zwei Frauen stützen sie.)

Frau Leon
(das Blatt aufhebend).

Die Rache hat Flügel. Der Prinz von Asturien starb.

Das Volk.

Weh uns.

Fray Leon.

Gott ist gerecht.

Isabella.

Todt?! Mein einziger Sohn! Der Erbe der Krone! (Sie richtet sich gewaltsam auf.) Wenigstens seinen letzten Willen hab' ich treulich vollzogen. — Er starb?! — O keine Schwäche jetzt! Die Orgel rührt, erneuert den Gesang!

Flores (zu Vernaldes).

Wie sie den Schmerz bekämpft! Eine Königin!

Isabella.

Gleite ruhig dahin, Schiff des Schicksals! Gott ist über Dir und mir. Er entscheide, ob der Todte Recht gethan. Da theilt sich das Gewölk, ein voller Strahl der Sonne küßt seine Segel — Er hat Recht gethan. Ludwig Behaim, der Todte segnet Dich, Gott wird Dir vergeben — Ziehe hin in Frieden! (Orgel und Gesang setzen ein.) Horch, da tönt es, weich und voll, himmlische Tröstung. Alle Schmerzen, alle Zweifel schweigen. Zündet sich an diesem Morgenstrahl eine Fackel an, die uns vernichtet? Wir wollen's erwarten. — Folgt mir! Morgen rüstet Spanien meinem Sohne das Todtenamt, heute danken wir dem Herrn in den Kirchen für die Wunder, die er durch seinen Knecht Christoph Columbus gewirkt. Ob Fall oder Sieg, Leben oder Tod — Herr Gott, Dich loben wir!

(Unter den Klängen des To Deum fällt der Vorhang.)

Ende.